# 地标记忆

DI BIAO JI YI

胡展奋／著

文汇出版社

# 自序　我的"非虚构叙事"

因为当初做过一年半的电视热播节目"心灵花园"的评论员，那张脸，365 天大约有 300 天，天天挂在上海的荧屏上，所以作为一名"毒舌嘉宾"，有一个时期几乎家喻户晓，倒把我的正业——写作给湮没了。

当初就有人暗中讥我"不务正业"，现在看来是说对了，因为我最心仪的仍应该是写作——

尽管现在呈现给各位的只是一本"非虚构叙事"。

一直想写小说。但事实上却一直在试着写"非虚构叙事"。有时候，觉得"非虚构叙事"离小说很近，有时候又很远。

上世纪六七十年代，"非虚构叙事"在美国风行一时，它很可能一诞生就是暧昧的、杂交的、跨界的，与我曾经热衷的报告文学、纪实文学不同的是，它不追求叙事的完整性，不强求话语表达的公共性，也不推崇意旨的宏大性，却强调或凸显个人感受性、意向性地介入现实与历史，解读现实与历史，它强调的是"个人印象"、"个人表达"，从而"真实地表达对这个世界的看法"，这里的"真实"其实更多的是一种主观上的真实，具有强烈的写作的主观看法。比如：我在《我的曹家渡》中对干爹"胡绍良"的叙述，他是真实人物，但我对他的描绘绝非基于对他客观调查的结果，既不会去余姚路派出所调查核实,也不会去"隆兴坊"寻访故老,我只忠实于我儿时的记忆库存,我只忠实于我对他的直观感受,外界给于他的赞誉也罢,污水也罢,我都无视,我不负责"真相还原",我只是回到"儿时",纯真的"儿时",他活在我心里。任何对他的"诋毁"我都不认可,在我心里,他永远是个好人。

有鉴于此,我认为除了"虚构",很多小说的技巧都可以运用到非虚构叙事中来,独白、倒叙、插叙、意识流、蒙太奇……说过了,我们不负责"还原",我们只是叙述——从真实故事出发,带有主观色彩的"非虚构叙述"。

我从事"深度调查"三十年,在无数次的调查中发现,每个人的记忆(即使是最强大脑)随时会破裂、瓦解,扭曲与漫漶几乎发生在每个片段每个桥段每个细节,一件事情任何一个人都不可能做到完整的叙述,即使 10 个人同时讲述同一件事,也会鲁鱼亥豕,莫衷一是,但对大坐标的认同却是趋同的,也就是对基本事实的认定常常是对得上眼的,故我们取证的模式势必然是"合成",三个信息源对上,甚至两个信息源互证,就 OK 了。

问题是,我的"非虚构叙事"只消自证——与我的心互证即可。

它不是新闻,不用求证。

它不是小说,不必虚构。

事实上,非虚构叙事和小说毕竟有本质的区别。我的理解,小说有"实"的基因,但主体是"虚"的;而"非虚构叙事"有"虚"的噱头,本质却是"实"的。

比如:《浴德池内"跳大神"》中的"祝由大师"谢国劲,虽然是

"纪实"但绝不能写他的真名,因为他还健在呢!又如:《我的闸北缘》中,我写我在"新闸桥"上坐等我的女友,事实上我所"坐等"的是浙江路桥,但它有一个非常难听的俗称:"垃圾桥",叙事时出于"避讳"把它改为"新闸桥"了,这样的"篡改"有伤什么"大雅"呢?

类似细节的虚构无损于主体的真实。

如果仍以曹家渡为例,我所记忆的曹家渡,是 20 世纪 50 年代至 80 年代的曹家渡,中间一个"岛",环岛依次是甬帮沪西状元楼、曹家渡邮电局、春园茶楼、新华书店、沪西百货、自行车商店……岛外由北开始是沪西电影院,16 路、13 路电车终点站、45 路终点站,沿路全是密密麻麻的商店……

甬帮沪西状元楼的隔壁是不是曹家渡邮电局?再隔壁,是否就是春园茶楼?老实说,那只是我的记忆略图,既清晰又漫漶,清晰到可以还原出茶楼的楼梯每一级都钉着铜皮,每级铜皮的边角都刻着"春园"的字样,却又漫漶到这座茶楼到底紧挨着谁,也无法最后确认。

难道我就因此不写了吗?

当然,此书的问世也有偶然性。上述的人物和场景几十年来一直类似荧光闪动的碎片,在眼前翻飞沉浮,直至一天文汇报APP 的资深编辑李伶对我说,她有一个专栏创意,已征得报社的同意,问我感不感兴趣,叫做"地标记忆",就是募集上海各处的"公共记忆点"(地标),讲述你的个人记忆……

我一向欣赏李伶的创新意识,所以一听明白了,就是要我向公众贡献我的"非虚构叙事"。换句话,也叫"上海私记忆"。

这不很好吗？那些五十余年来与上海有关的"记忆碎片"，与其让它们不断地翻滚沉浮，闲着也是闲着，还不如拿出来和大家分享分享。所以本书百分之九十五以上的内容来自文汇 APP 之专栏："地标记忆"。

但"非虚构"没有画面未免失之虚幻，承蒙装帧大家王震坤援手，每篇文章的水墨题图都由他秉笔原创，更难得是，他是我的同龄人，同样在上海长大，故而每幅画里又渗入了他的"上海私记忆"。两个私记忆相加，不就互证了？

那么，"上海是什么"？迄今没有一个城市被如此密集地下过定义，170 余年来，诠释它的文字体量之大，据说足够覆盖一个等量的城市，对它水银泻地般的索隐与敲骨吸髓般的摹写，历来不知令多少人成名成家，然而，所有对上海的解读，也无论虚构抑或非虚构，即使"最权威、最本真"的，也只是"牖中窥日"而已，有人甚至说，仅用文字来描述一座大城市是不明智的，何况这座城市叫上海。由于一百多年的人口多元、民族多元、教育多元、风俗多元、语言多元、饮食多元、建筑多元……上海太厚重太复杂了，厚重复杂到所有的结论都难成定论，所有的"高见卓识"都可能是偏见，任何"精辟"的概括、断语都可能是一种冒险，抑或失之偏颇。就拿 1949 年前的上海来说，你说它是"黑色的渊薮"，我说它是"赤色的摇篮"；你说它是列强侵略的桥头堡，我说它是反帝反霸的大本营；你说它是"万恶之源"，我说它是"文明窗口"……

1949 年后的上海虽然天翻地覆，但，城市的百年基因还在。既然一千个人眼中有一千个哈姆雷特，那么，毫不奇怪，每一代上海人都应该有上海的"私记忆"——我说的只是我的上海记忆。

我的记忆既有我的弄堂,也有我的马路;有上海的上半身,也有上海的下半身。在差不多"人人都写上海"的一片饥渴的吞咽声中,上海只是一个胴体的隐喻。

说高了,谁都知道美国作家菲墨一百年前说过:假如你想了解中国,那么你必须先了解上海,因为上海是打开近代中国的一把钥匙。

我的"非虚构叙事",既不充史料,也不敢美文自居,更不敢称珍档,它所记载的,很可能只是上海的一介、一鳞、一爪,最多也就是我所介入的一个慵懒的下午、一个汽笛的早晨和一个喧闹的黄昏。就其原貌而言,很像一杯老白酒。

它摊晒过、发酵过,但没被烘烤、没被敲剥、没被蒸馏,有酒精,而度数很低,老白酒大概不算酒,但走多了就是路,喝多了就是酒。敬请诸位尝尝。

如同曾是记者、饮者、行者,我一直也是一名读者,因此本书就是一个读书人听着浦江的涛声而由青涩走向成年的速记与快拍,只有回望时,我才意识到自己原来是那么在乎它,里面的我,线条粗放而率真,几分自嘲几分话痨,不追求叙事的完整性,不强求话语表达的公共性,更不推崇意旨的宏大性,只是很个人、很感性地叙述着一组组的城厢旧事和缠绕着历史的、也许会感染后人的轶事而已。

胡展奋

2018 年 4 月 30 日　上海大风楼

# 目　录

# 我的曹家渡（上）

> 曹家渡这个地方居然也是三区交界，五路奔
> 心——也就是上海西部长寿路、万航渡路、长
> 宁路、康定路、江苏路五条马路咬在一起、绞在
> 一起的中心。

## 过房爷胡绍良的故事

如同不知道"江湾五角场"，一个上海人如果没听说过曹家渡，那是不可思议的。我出生在曹家渡。似乎是刻意要和江湾五角场对峙，这个地方居然也是三区交界，五路奔心——也就是上海西部长寿路、万航渡路、长宁路、康定路、江苏路五条马路咬在一起、绞在一起的中心。

康定路，又名"康脑脱路"，旧上海著名的"越界筑路"的产物之一，汇聚了众多的近代名人故居。它东起泰兴路，西至万航渡路，全部位于静安区境内。由上海公共租界工部局修筑于1906年。之所以得名于康脑脱路（Connaught Road），据说缘于英国驻华公使爱德华七世的兄弟之名。我所出生的康定路1190弄叫"隆兴坊"，离曹家渡也就5分钟的路，往东不远的康定路947号，曾是近现代著名文字训诂学家、语言文字学家、南社诗人胡朴安的故居，大家称其为"安居"；再往东越过延平路的康定路759号，就是著名

的"朱楼"——上海滩豪门小开朱斗文的旧居。

我们刚才说到了"越界筑路",所谓"越界筑路",其实就是租界当局违反《上海土地章程》而越出租界以外,借口贸易和交通之必需的"界外筑路",如同章鱼的触角一样,这些伸出租界的道路造到哪里,他们的英国式、荷兰式、西班牙式、意大利式花园洋房就沿路扩建到了哪里,形成了"新租界",客观上沟通了闹市区和近郊的交通,促使上海市区的面积扩大,繁荣了上海。

但"越界筑路"也因此权限交叉,辖制混乱,成了"三不管"的犯罪渊薮,"洋马路"和马路两侧洋房里的任何事,民国政府都无权过问;洋房外侧的事,租界当局同样无权置喙。民国时代,社会团体(主要是各地商会、商团、青红帮组织等)插手社会事务的现象很多,但"越界筑路"地区,各种社会团体也得"看菜吃饭",于是各种势力三教九流、蛇虫百脚都可以在这里尽情活跃,比如康定路的隔壁是余姚路,革命党在余姚路犯了事,就拼命往康定路逃,只要逃进康定路,中国当局就没辙;同样你若在租界犯禁,只要一逃进无法无天的曹家渡就泥牛入海了,中共组织当年在曹家渡、小沙渡等地异常活跃所依仗的就是这种特殊的混乱。

我干爹(上海人叫"过房爷")胡绍良就是曹家渡一带呼风唤雨的"小开",他家做颜料生意,我的父亲是他颜料行的"跑街先生",当年患肺结核的时候,幸亏干爹替他弄来"盘尼西林",才捡了命。曹家渡离著名的圣约翰大学不远,胡绍良当年在圣约翰读书时认识的同学也是五花八门,什么家庭背景的都有,跑街、牧师、老板、掮客、大班、官僚、乡绅、白领、职员、帮会头子、遗老遗少……

有一个叫"王烈"的，父亲是洋行大班，家住康定路延平路交界处，和他是好朋友，常约好了一起上学。一年后我干爹因为肠结核而退学，但两人继续保持来往。后来王烈进了淞沪警备司令部，再后来失去了联系，但1950年的夏天，王烈突然出现在隆兴坊，约我干爹翌日到曹家渡春园茶楼见面。一见面王烈就说，我已脱离军队了，现在生活困难，没有收入，有两筐铅笔，是否替我卖掉？

我干爹接下了他的铅笔，回到隆兴坊就举报了他，军管会的人要他带路，他便走到延平路的小洋房把他喊了下来。他毒毒地瞪了我干爹一眼，刹那间什么都明白了。曹家渡不再是当年"三教九流、蛇虫百脚都可以无法无天"的地盘了。

王烈后来被押到嘉兴枪毙，因为1949年夏天以后，他事实上一直率队在嘉兴地区打游击，他是队伍被打散后才潜回上海的。

此事军管会当然表扬我干爹，说他做得对，但他后来却多次给我父亲看照片并对他反复解释，说举报时，"是想不到他会被枪毙的，更不知道他曾经在嘉兴和共产党打游击"。

王烈是反动军官，新政权的敌人，干爹检举他政治正确，但伦理有亏，毕竟同学一场而且还是好基友，因此让我们长时间想不通的是，1950年还远远没有人人必须过关的群众运动，还没有"不检举敌人就与敌人同罪"的政治高压，作为老同学完全可以装傻，甚至不来往也可以，何必去举报呢？举报也罢了，又何必带路把他诓出来呢？王烈的家在"牛奶棚"附近，以后我长大了每次路过那里总有异样的忐忑，担心有个长得跟王烈一模一样的孩子窜出来……

隆兴坊

　　问题是，打那以后，干爹常有幻觉，半夜常听到有人楼梯上一步一步地走上来，走到门口又没了声音。

　　他把这一切都告诉了我的父亲，说自己梦魇很重，常常半夜里在梦里哭，那种声音很奇怪，感觉很恐怖，尖利而颤抖，好像有人在持续地用烙铁炙烤他的皮肤，以至于不断地爆发瘆人的上滑音与下滑音，他太太总是把他摇醒，他总是叹着大气。

　　况且更糟的事情发生了，军管会后来居然把他的"大义灭友"的嘉行转给了他所工作的"上海精密医疗器械厂"，厂方因为他有过"反动同学"关系就一直不允其入党，尽管他百般积极，百般申请也不果，直到"文革"期间他被判刑。

　　这一切都是我们长大以后，父亲慢慢告诉我们的，尽管胡绍良举报了自己的同学，父亲还是认他为兄弟，因为他毕竟救过父亲的命，所以我一出生，就认了他做"过房爷"。从小，我喜欢去他家，胶木唱片很多，屋里都是红木家具，好吃的东西也多，巧克力、牛奶、华夫饼干、各种罐头，父亲多少总要依傍他的，我们的家，可谓成也干爹，败亦干爹。我老妈原来是老爸的邻家妹子，长得白皙，窈窕动人，乃曹家渡煤球店小开、照相馆小开和金银店小开竞相追逐的女孩，但老妈受旧戏文影响太深，一心要嫁给"书生"、嫁给"才子"，居然看上了我父亲的一手好字和一口流利的英语，相信他日后一定会"出人头地"。问题是外婆极不愿意，嫌毛脚女婿不像胡绍良那样"有花头"，以至于出嫁那天坚持要将女家丰盛的陪嫁高举着，绕隆兴坊游行三圈、绕曹家渡一圈。父亲不乐意了，而且是极其不乐意，认为此举类似示威，是"坍男家的台"。谁想人算不如天算，到了预定的日子却是整天的倾盆大雨,父亲"噗"地跪在隆兴坊18支弄的石阶路上,望天遥祝:"人容天不容!人容天不容!"

此情此景恰被邻居看见,悄悄告诉了外婆,从此外婆与父亲结下了梁子,一辈子在我们面前说父亲的坏话,经常要我们站队,弄得我们很纠结,帮父亲说话,外婆不高兴;帮外婆说话,父亲不高兴。

幸亏还有个小开胡绍良,我父亲付给女家的彩礼和"行头"都是他给的,西装与皮鞋一套套地不知送了多少,但他们的关系却随着运动越来越多而越来越疏远。原因是父亲怕他,怕和他走得越近,越被人认为"落后",大概"四清运动"期间,胡绍良就被送了劳教,后来又"升级"判刑,最终死在了牢里。

而父亲呢,因为有胡绍良这样的"坏分子"长期做基友,也一辈子入不了党。

我们后来搬离了隆兴坊,父亲再也没有回去过,说一回到隆兴坊,就会想到把兄弟胡绍良,会难过,会觉得对不起他,坐牢期间居然一次也没有探望过他。

# 我的曹家渡（下）

不同时代印记的曹家渡，可能大相径庭，我所记忆的曹家渡，是 20 世纪 50 年代至 80 年代的曹家渡，那时节的曹家渡风貌和 1949 年以前的格局区别不大，中间一个"岛"。

## 李家花园的"汪小姐"

50 年前的曹家渡，茶馆（上海人叫"茶馆店"）特别多，我的童年差不多是跟着爷爷在茶馆里度过的。他喜欢听书，带着我，他可以一孵就半天。

我成年后喜欢做演讲、喜欢在大学讲课，我认为和说书先生有很大的关系。

说大书的，喉咙都很响，《说岳全传》《杨家将》《薛平贵征西》《薛刚反唐》《水浒》……我都是先听了说书以后才去翻书的，弄堂口有小书摊，我最先看的都是连环画。弄堂口还有大饼摊、豆浆摊，每天有一帮白粉鬼在那里等待滚烫的大饼出笼。

新政权来了，吸毒是严禁的，但一帮白粉鬼毒瘾难熬，怎么办呢，他们用头痛粉代替，头痛粉药房有卖，你人民政府不能禁止人头痛吧?! 但公开吸食他们毕竟不敢，便想出了个喵主意，用刚出炉的大饼裹挟着吃。我们一帮小孩喜欢围着看稀罕，那是一种难描难绘的猴急相,一群衣衫褴褛的人围坐地上,大饼一出炉就抢,倒入头痛粉,捏拢,手被烫得嘶嘶叫,左右轮流跺着脚,趁热一口下去,龇着牙,闭眼陶醉半天,演小品似地。其中一个叫"小狗子",是我同学他爹,隆兴坊里的白相人。这帮人数量很大,来回流窜于余姚路和康定路之间,余姚路不是租界,流氓拆白党横行。1949 年以前,他们白天是"康定路绅士",晚上是"余姚路流氓";1949 年以后,他们白天是"康定路穷人",晚上是"余姚路瘪三",虽然也是"无产阶级",但品质很坏,典型的偷鸡摸狗的"流氓无产阶级"。

不同时代印记的曹家渡,可能大相径庭,我所记忆的曹家渡,是 20 世纪 50 年代至 80 年代的曹家渡,那时节的曹家渡风貌和 1949 年以前的格局区别不大,中间一个"岛",环岛依次是甬帮沪西状元楼、曹家渡邮电局、春园茶楼、新华书店、沪西百货、自行车商店……岛外由北开始是沪西电影院,16 路、13 路电车终点站、45 路终点站,沿路全是密密麻麻的商店,我们最流连忘返的糕团店、馄饨店、生煎馒头鸡鸭血汤锅贴、油豆腐粉丝百叶包,南面"太平里"、华光剧场、高荣新村,东面就是康定路余姚路 23 路电车终点站……

隆兴坊的隔壁,就是翰绥坊与李家花园。按现在的分类,李家花园是"花园洋房",翰绥坊是英国式联体别墅,而隆兴坊就是旧式石库门了。隆兴坊的西邻是一家龌龊的翻砂厂,从东往西,一蟹不如一蟹。

旧式石库门还很倒霉,听大人说,早年它火烧了一次,"消防乌龟"(旧上海对消防的蔑称)因为隔壁的翰绶坊肯出金条,隆兴坊的人抠门,就决定保翰绶坊而放弃隆兴坊,用消防龙头逼住火势不让蔓延,结果隆兴坊被烧得乌焦巴弓。后来的隆兴坊都是在原来的残垣上翻造的,自然比较破败。50 年代的隆兴坊到处是乱搭乱建的灶披间、三层阁甚至无以名状的、奇形怪状的前楼后厢房。大量低收入的人群涌了进来,嘈杂不堪。

石库门烧没了,石库门的架子还在,隆兴坊重建后仍然保持"11 支弄""18 支弄""21 支弄"的编制,我家是 18 支弄 4 号,沿边一条大弄堂,过火前的花坛和石砌的"淘米池"还在,淘米池相当大,接水龙,一到夏天就是孩子们的游泳池,大弄堂是石阶路,前接康定路,后通余姚路,沿着大弄堂一字摆开的是公用电话、烟纸店、酱油店、煤球店、棺材店、绸布店、日杂店、米店……

23 路电车在我们弄堂前开过,它有个站,站名就是"李家花园"。

那建筑是中西合璧的,坐落在康定路上,斜对面就是著名的"金司徒庙",后来改称"万春街"。依稀记得李家花园是有西班牙筒瓦和巴洛克阳台的,然而大厅门楣以及厅内的藻井却都是传统的,园内花木葳蕤,有鱼池竹林,鱼池壁上长着长长的青苔,院门外面还有绿色的裙栅。

学龄前我们喜欢在花园外窥探,上学后,李家花园的小主人——李家妹成了我的同班同学,还是一个功课小组,常常隔着绿色裙栅和我们说话,蝴蝶结,背带裙,白皮鞋,邀我们进去听琴、吃巧克力,那还是"文革"前的事,现在想来真像童话。

李家花园

　　李家爷爷很阴沉，从来不和我们说话，大人都说他以前是洋行的大班。给我印象较深的是李家妹寡居的母亲，大人们都叫她汪小姐，那时三十来岁，皮肤白皙，穿着摩登，常在花园里轻轻朗诵，每看到她昂头走过，隆兴坊穿花格子衬衫的阿飞们就要狂吹口哨。

　　但她对我们始终很谦和。观察她的生活才知道什么是"小资"，什么才是"一种骨子里的东西"。

　　你可以很时尚白马，但不是小资；你也可以很高雅、含蓄、唯美，但还不是小资。上海的"小资"说到底是一种东西方文明调和后的结晶物，一种并非"秀"给人看的、很自爱的浪漫情调和人生态度，在周作人先生那里，是一种"难以学会的，不问苦乐贫富都可以如此从容的闲适"，在汪小姐，则是午后捧一本翻译小说坐在紫藤花下独自伤感，或夜半时分为过去的岁月弹一曲肖邦的《夜曲》。

　　记得 1967 年中秋节那天，忽然听得李家花园附近人声嘈杂，赶紧过去看热闹，陡然看见"汪小姐"低着头，挂着木牌，只穿一件内衣站在花坛上，头发黑瀑一样垂在苍白的脸颊旁，花坛旁是一群最喜欢对她吹口哨的"花格子衬衫"的隆兴坊流氓，其中就有比"小狗子"小上一辈的白相人，他们最先是没工作的"蛇皮"（当时上海对不良社会青年的蔑称），后来做了"临时工"，现在摇身一变都成了戴上红袖章的"造反队"。

　　"……轧过几个姘头？ 交代！""红色流氓"们大吼着，"交代细节！ 一定要把细节交代出来！"拳头森林一般地举了起来，事实上，都在以革命的名义意淫着她。突然一勺阴沟里挖出的极污之物，对着她藕一样白嫩的脖子浇了下去，人们大笑，然后再涂上她的嘴唇,逼她舔下去……快 50 年过去了,我始终想着,有些人并不是被所谓的"文革"带坏的,而是原本就很坏很坏。

2000 年的夏天,我突然想去看看阔别的李家花园。门开了,是已经大大发福的李家妹,倒还记得我,可李家花园已经难以辨认了,绿漆裙门当然没有了,到处是铅丝,到处是烂木头,曾经那么堂皇精致的花园建筑现在乱哄哄地像个动迁房,李家当年被扫地出门后,花园被房地局某"管养段"长期占为白铁车间,后经过 20 多年的追讨,总算回到李家手里。

"你妈呢?""早去世了。"她说。那天揪斗后,就被押送回乡,回乡不久就自杀了。我听了木然半晌,原来她早就不在人世了。那鱼池,那琴,那吟诵。

几乎所有的邻居都说她"想不开",我倒以为她值得我们尊敬,曹家渡多少也有一个"宁为玉碎"的人吧。

前些年我又路过李家花园,发觉打桩机已在那里轰鸣,隆兴坊也动迁掉了,当年糟践汪小姐的人们也都老了,而且分得了很满意的房子,他们集中居住在历史的深处,那地方在普陀区曹安路,叫"封浜"。

# 怀念大自鸣钟

塔高 14 米,顶层四面均嵌有钟面的大时钟,每隔一刻钟,即"叮咚"报时,声震十余里,因此称之"大自鸣钟"。久而久之,成了这一带的地名。

那天经过沪西"大自鸣钟"不禁浑身一震:嘴巴张得老大而且塌下去、塌下去……这还是大自鸣钟吗?! 积习难改且易冲动,随口就是一句沪骂:赤那!

曾经全市著名的商圈现在不过是一群巨型的水泥柜子,可以白富美,可以高大上,但就是"巴",乡气、千人一面的神州风采,新闻联播! 因为资本的伟力,它们巨兽一样从天而降,横冲直撞,摧枯拉朽,本地的历史印痕却一点都没有了。

是的,如果能够各致各的青春,我要致敬的就是 70—80 年代的大自鸣钟。我第一块手表就是在那儿买的,表店坐北朝南,在"四百"对面,记得它隔壁是一家日用品调剂商店,叫什么"群众日用品调剂商店"。我那时在长寿路 19 号的上海传动机械厂上班,在大自鸣钟的东面,国棉十四厂对面,离开那表店不过三五分钟的路,几乎天天去表店看表,"钻石牌""宝石花""钟山""北京牌"。现在的孩子无法想象,当年我们买一块表可算是惊天地泣鬼神的腐败大事,你得先有张"手表票",上面规定你购买"钻石"或"宝石",所以这张票本身就是值钱的,马路上要翻到四五十元一张,而一块表,半钢的才80多元,全钢的也就100元出头。那时的工资都是36元,我们艺徒,第一年的月薪才"17元8毛4分",所以为这张票,单位里常常头打开,如同眼下楼市的"限购",首先"四类分子"是不考虑的,学徒也无票,有海外关系有"侨汇券"的也不给票,理由是侨汇券本身就能买表。所以有了一张票,我就天天跑表店,以致于去的趟次多了,暗恋上了那个女营业员,她白皙而小巧,两根短辫子翘着,两只眼睛又黑又大。但我相信她一定没有注意上我,我那时又白又瘦又青涩,又不敢搭讪、把妹,唯一的特征只是"不响"而已。

家里的第一辆自行车也是在大自鸣钟的"四百"买的,"永久牌"27型,双铃。那是我做艺徒的第三年,翅膀毛有点硬了,成天就想做大人,希望被人注目,家里有了自行车(上海人都叫脚踏车),不是骑的,是给人看的,坐在上面整天神气活现,比现在开宝马的还"老卵",每天回家后,都要用厂里的白回丝(纺织厂的线头下脚)擦一遍,上上油,可惜风光了没几天就被偷了。父亲懊恼了好久。也是在大自鸣钟,在那个该死的乱哄哄、蛇虫百脚龌龊巴拉的"英华里"里被偷的,那故事另起一行,下次表述。

在物资奇缺的时代,大自鸣钟就是香港,就是大上海繁荣的象征,你说我们该对它抱有什么样的感情。

"大自鸣钟"的"自",上海话读如"时"。事实上,上海被叫做"大自鸣钟"的地名至少有过三处,现在的金陵东路河南路附近也曾叫做"大自鸣钟",1863年的法租界公董局在此造了"公董局大楼",文艺复兴时期风格,有一个很大的穹顶,安装了上海第一座大自鸣钟,附近也就被叫做"大自鸣钟"了。后来大楼被拆,钟也拆了,地名就此消失。

1891 年的外滩,江海北关新建了一座伊丽莎白时期风格的大楼,主楼上也安装了一座自鸣钟,但可能"海关"的名头远甚"大自鸣钟",后者的称呼就是流行不起来。

现在轮到真神亮相了,1926 年,公共租界西区劳勃生路(今长寿路)、小沙渡路(今西康路)口道路中央,建起了一座钟塔,名叫"川村纪念碑",它是日本在华商界为纪念已故的日本纺织大王川村而建,塔高 14 米,按川村的遗愿,顶层四面均嵌有钟面的大钟,每隔一刻钟,即"叮咚"报时,声震十余里,因此称之"大自鸣钟"。久而久之,成了这一带的地名。

有说川村是"恶人",因为"他大肆掠夺中国的原棉资源、压榨劳工血汗",此说似乎也没错,世上哪有金主不"压榨"而致富的?问题是川村此举到底有无"善意"呢?沪西纺织工人大都上日、夜两班(每天工作 12 小时),而绝大多数人又没有钟,"大自鸣钟"毕竟为广大工人提供了方便嘛,当然你也可以说如此更提升了剥削效率,反正川村里外不是人。大自鸣钟倒出名了,它的范围大致东起陕西北路,西抵常德路,南襟安远路,北倚普陀路,1958 年,为了清除"殖民痕迹",决定把它拆了,但没能耐定向爆破,只能搭建脚手架,发动人工一层一层硬拆。顶上的大钟四个人都抬不动,区区一个钟塔,竟然拆了整整一年。

哎,大自鸣钟,那时多么闹猛、多么旖旎,沿街数过去,西园汤团店、恒大布店、聚兴园酒菜馆、四如春面馆、西康路邮局、老宝凤

大自鸣钟

银楼、民康中药店、同大昌文化用品商店、沪西浴华池、"市百四店"……

我那时还年轻，常常喜欢倚在西康路邮局外上街沿的绿色栏杆上眺望街景，想想自己未来的人生，觉得路真长，还可以做很多很多的事情，成就很多很多的事业，认识很多很多的姑娘。

邮局的正对面就是沿街弯弯的同大昌文化用品商店，它的左面就是"聚兴园"，中午时分可以嗅到它的硝蹄奇香，想象它的鲜美酥软；邮局的右面对马路就是"四如春"面店，就是它的"单档"和"双档"加拌面，满街麻香或葱油香，熏得你脚都站不稳。当然你也可以去邮局左对面马路的"西园汤团店"，那里的鲜肉汤团是有汤汁的，我们后来再也没有吃过比它更美味的汤团了。

踟蹰当下陌生的大自鸣钟，遥想当年 24 路电车到底宜昌路摆渡，看苏州河百舸争流，看岸边龙门吊的抓斗大把大把地抓起煤块觉得真杀根，此情此景永远不再了。

也许，沧海桑田本是王道。上海很多地名都有名无实了，"斜桥"还有桥吗？"盐码头"还有盐伐？肇家浜路还有浜伐？没记错的话还有一条摸奶弄呢，20 世纪初的上海滩男人真下作，两只手白天黑夜地没闲着——旧址相当于复兴东路 927 弄附近。不过，阁下倘因此而绮念顿起，动起了坏脑筋，我倒要摸摸你的额骨头了——别想多了，就一个地名罢了，当年那些潮事、那些细节，现在三大纪律八项注意，我怎么可能跟你细说呢。

# 风雨药水弄

> 西康路 1371 弄就叫"药水弄",往里走不到十分钟,与"英华里"相交后,再向北走即与"石灰窑"相交,再向北走,可到苏州河。河边有个化工厂,整天冒着呛人的黄烟。上海人称化工厂叫药水厂,药水弄的称呼大约来源于此。

我曾经交代过,我的外婆住在曹家渡的隆兴坊,她退休前的单位是长寿路上的上海筛网厂。

但她老人家不知何故越混越不好了,大概 1963 年前后,居然从隆兴坊搬到普陀区著名的"药水弄"去了。

西康路南北纵向地贯穿大自鸣钟,这条路,刚刚经过"同大昌文化用品商店"时两边的建筑还过得去,一直到澳门路时,左右仍不乏洋房和老式公寓房子,但是西康路与宜昌路相交,24 路电车快到底时,左右路况就一下子变成贫民窟的嘴脸:西康路 1371 弄就叫"药水弄",往里走不到十分钟,与"英华里"相交后,再向北走即与"石灰窑"相交,再向北走,可到苏州河。河边有个化工厂,整天冒着呛人的黄烟。上海人称化工厂叫药水厂,药水弄的称呼大约来源于此。

与"药水弄"并行的叫"石灰窑",它的环境糟到有个口诀:"宁坐三年牢,不住石灰窑"。石灰窑即西康路 1501 弄,正对着宜昌路,离西康路摆渡口很近。

一直以来,有一个误会,觉得凡是租界的建筑都是好建筑。错! 药水弄和石灰窑,以及与它们毗连的"南英华里"与"北英华里"居然都是划进租界的,那真是当年上海最糟的贫民窟或曰棚户区。著名的"三湾一弄"(三湾,即潘家湾、朱家湾、潭子湾),几乎80%的居民都是苏北籍的。它在底层社会的名气大到什么程度呢? 在上海的棚户区中,闸北的"太阳山路"和大杨浦的定海路,都算得上是著名的流氓窟了,不过如果你"榔头大",去那里一站,哗啦哗啦地自报山门"普陀药水弄",那就马上有人给你递烟递茶套近乎了。

外婆居然在"文革"前搬到了这样的地方。不是我说她,她这一辈子就是一个字:"唉!"第一个男人是一位画匠出身的画家,也就是我的外公,杭州人,旧上海先施公司的专职美工设计师,专搞橱窗设计的,现在也叫平面设计师。他脾气温和,举止儒雅,擅长工笔花鸟。20世纪90年代初笔者在江苏路幸福村采访唐云时,说起30年代某些画家能手执双笔,甚至三笔轮换地着色勾线,直如现在的特种兵"单手换弹夹",听我外婆说,外公就能"只手勾三笔",记得唐云听了抬起头来朝我乜一眼,亏他老人家还记得他,说叫"陆凤栖"吧,年轻时有过交往。

30年代那会儿是发周薪的,外公每周都要赚一二十个银元回家,家里生活相当可以,因为那时的佣人(娘姨)月薪也只有一个银元。但是外婆自恃漂亮风流,抽烟、喝酒、打牌、听戏样样都来,几乎每天都要向外公讨钱,给她多少都用光,稍不如意就抱怨、就"惯家什",平时为了蝇头小事也不断地"作",以家里"作威作福"、能够彻底"揿瘪"男人而向小姐妹炫耀,外公因此而分外劳碌,事实上我妈妈才 11 岁,外公就过世,40 岁都不到。

这下轮到外婆为自己的任性而后悔了,她又不可能和其最在乎的小姐妹们过日子,少妇门前自然是非多,以后每遇到一个追求者就去和第一个"原配"作比较,当然都比不过第一个,于是"各领风骚二三年"。时间一长大概嫌隆兴坊里是非多,一赌气情愿搬到药水弄去。这又是一步臭棋,不但小姐妹们都和她少了来往,想形成新的"有档次"的社交圈也不可能了。

药水弄北临苏州河,西邻常德路国棉一厂,东至西康路。20 世纪二三十年代,药水厂逐步发展,大量难民进厂做工,也有在药水弄一带的纺织厂做工,为了有个落脚地,这些难民就在药水弄找块空地搭棚屋居住。到了抗战初期,这一块因为属于租界范围,所以有大批难民迁入弄内。这样,药水弄就成了上海著名的棚户区。"八·一三",日寇进攻上海,闸北、吴淞、杨浦的大批难民纷纷南逃,逃到租界边缘地区,这样,药水弄便成为当时上海最大的难民棚户区之一。到 1949 年前夕,药水弄有居民 3 000 多户,近1.5 万人。他们大都住在竹架草顶、篱笆墙的棚棚里,或者用马路上捡来的破砖烂瓦、木片、竹片搭建起来的极其矮小的简棚陋屋——"滚地龙"。

当时弄内无水、无电、无下水道,弄内潮湿阴暗,晚上漆黑一片。每逢下雨,七高八低的乱石路积水泥泞,难以行走,人称"阎王路"。

等到外婆住进去的 60 年代，药水弄的环境已颇有改善，"滚地龙"基本看不见了，有关部门着力改建弄内市政公用设施，接通自来水，设立给水站和消防龙头，接通居民用电，安装路灯，建造公共厕所，埋设沟管，辟通"火巷"，铺设道路，并组织力量帮助和督促危险房屋的抢修，使居民的居住有点新气象。

虽如此，药水弄仍然难得有青砖楼房，外婆租的是青砖楼房，算是鹤立鸡群了。还记得最初几次去看她的情景。房东叫"爹爹"，房东的大儿子叫"根生"，中间夹几个女儿，最小的儿子叫"小文"。

一楼是房东的客堂，迎面好像是幅关公像，案桌上点着香，一张大号八仙桌大概是红木的，擦得铮亮，两边各有一副方屏圈椅，地上，是大块青砖，右侧辟了块空地，给外婆安了煤炉，大家叫外婆"上海娘娘"，意思是周围都是苏北人，只有外婆一人讲上海话的。外婆住二楼，不大的一间，一张大床靠墙，有南窗，有东窗，南窗东窗之交处，放了一张八仙桌，每面都有一只小抽屉，一看就是当年打麻将的，小抽屉是用来放筹码的。

我常去度寒暑假。每天黄昏，外婆就一个人喝酒，红红的"五加皮"。她似乎喜欢在暮色中独自喝酒，如果是"梧桐更兼细雨"，就放下筷子，望着窗外出神，每每喝到伸手不见五指，就探出头来，叫我上去。

她似乎成天忧心忡忡，脾气真是极坏，你一不称她意，她的脸就拉下来了。虽然五官清秀，长悠悠的瓜子脸，黑翠翠的，有几颗稀疏的雀斑，但高兴时蛮好看，一发怒，就很怕人。她很少打我，偶尔要打，就是"鸡毛掸子"，呼呼响。

药水弄

她疑心病极重,不安全的感觉更重,你偶尔一句无心话,她也要琢磨分析话的背后是女儿的意思还是女婿的意思,似乎总在防着什么人。如果是邻居的一句话,她更要想很久。

我长大了才知道,一个长期受伤害的女人,往往这样"难弄"。

"文革"前夕的一天夜里,风雨交加,我们都睡了,楼下的大门却被擂得山响,风雨中夹着狂暴的喊声,听声音是个蛮汉,外婆一听居然吓得簌簌抖。

众人没敢下去的。幸亏房东儿子"根生"平时是练石锁石担的,有几分膂力,下去后隔着门申斥了几句,但对方显然不买账,口口声声叫着"□云卿出来"!"□云卿出来"!

□云卿,正是外婆的名字。我毕竟小,看外婆吓成那样,更恐惧了。但听得"哐啷"一声,门开了,紧接着就是撕打声,根生大吼了几下,周围的门不知咋地纷纷冒着雨打开,听声音很多人冲了出来,在雨水泥水中痛打那个大汉。

第二天,外婆领着我一起去谢房东。我这才仔细地看根生,他鼻梁笔挺,肤色白皙,膀大腰圆,却面目清癯,让我直接想起连环画里的英俊"吕布"。

他很腼腆,大意说,上海娘娘放心,我不管您过去是什么人,您既然是我的房客就受我保护。药水弄的人,虽然穷、虽然都是苏北人,但是世界上最讲义气的人!谁敢动你一根手指头,叫他竖着进来,横着出去!

外婆从此安安生生地住在药水弄,一点也没有后悔离开隆兴坊。一直到20世纪70年代才搬回老家杭州。

我至今不知道那"蛮汉"与外婆之间是一笔什么账。

只可惜，根生在"文革"后期死了。他去了黑龙江军垦农场，战友被当地的痞子欺负，他出手援救，以一敌五，被当地人乱锄砍死。

前些年去过药水弄的旧址。没有一点点的痕迹了。

# "10 岁"插队记

五十年后,发现"南赵""中赵""北赵",连同著名的赵家花园——早就变身为高楼大厦。唯独王小毛的老家倒没拆,还天天隔着延长路瞪视这幢陌生的大楼呢。

老有朋友在我面前炫耀他们的知青生涯,似乎是他们独具的人生财富。每逢此时我总要暗笑:老子 10 岁出头就接受贫下中农的"再教育"啦!

"文革"前一年,我们搬到了宜川新村生活,对马路就是农村,属于宝山县的农村。

宜川新村是 1953 年开始建造的"工人新村",当时代表最新的建筑理念,窗明几亮有煤卫,位于上海市普陀区东部,东接静安区(当时是闸北区),南襟中山北路,西邻甘泉新村,北与宝山县为邻,是典型的城乡结合部。据传,清乾隆年间,有浦东赵姓村民来此从事花木种植。其后代子孙扩展祖业,均以莳花园艺为业,种植面积曾达 300 余亩。所以村落大都以赵姓为名,这一带习称为赵家花园,有"南赵""中赵""北赵"之分,长期以来为上海著名的花木供应地。

我们家住宜川一村,转学生初来乍到的没有学校接纳,幸亏延长路小学接受了我们,它的全称是"上海市宝山县延长路小学"。晚清式江南园林建筑,黑瓦挑檐,长廊逶迤,大青砖铺地。操场好大,设备齐全,秋千、沙坑、露天木马、单杠、双杠、滑梯,还有高高的攀索和攀竹,因为它篱笆是黑漆的,我们叫它"黑学堂",又因为是"宝山县"的,故而同学中农民子弟特别多,相形之下全班只有三个新村孩子,除了我,一个男孩叫王小毛,一个女孩叫夏梅,同学们都叫我们"公房里"的。农家子弟小小年纪都知道农活,范成大《四时田园杂兴》之一:昼出耘田夜绩麻,村庄儿女各当家。童孙未解供耕织,也傍桑阴学种瓜。现在回想,真的就是这种情景。

那是我们学校的特色:一周 3 次课余劳动,锄草或松土。同学们个个身手不凡,用锄头的尖角斜着,浅剔草根(他们就一个字"剔"),不少同学还学着父母,身体斜侧着运锄,又快又轻盈,不起土,也不伤庄稼。我们三个新村的孩子就尽出洋相了,抓起锄头就用正面的锄刃"铲"草,切口太大,草没锄掉,庄稼倒没了。大家哄笑:没有佝农民,倷只好吃水门汀!只好吃水门汀!

当时的城乡对立还是有点的,同学的笑话,等于说我们"五谷不分",隐隐有寄生虫的暗示,我们常常羞得无地自容。

还有铲地松土,赵永康同学教我巧劲,铁搭顺势举起,又顺势斜切而下,不用狠劲,也不刻意求深求大,土块自然翻身,再一铁搭轻轻磕碎即可;我们则不然,恶狠狠一铁搭下去,铲得太深,再用力一撬,以为可以解决一大块,结果好了,铁搭的榫头瞬间脱口,连木枕带铁搭统统掉在泥土里,重装是很烦的事。

赵永康的家在北赵，进村第二家就是。他们家好像是富裕中农，有一辆加重型驮货自行车，他还小就学着驮货，骑不上车，就骑"三角车"——一脚踩踏板，另一脚插入三脚架内，踩住另一侧踏板，保持平衡，踩动半圈链条，驱车前行。

我的自行车就是跟他学会的。

农夫家的孩子早当家。插秧的事虽然轮不上他们，但是赤脚的本事绝对过关，操场上，他们经常赤着脚狂奔，我们也试图逞能，但白白嫩嫩的一脚踏下去立刻就怪叫，这样的洋相自然又是一阵哄笑。同学中最有威信的是两个人，一个是中赵的赵国顺，外号"六毛头"，一个是北赵的赵家华。六毛头矮矮的个子，大大的眼睛，身体很壮，他发现王小毛自恃家里兄弟多，公房里也很有孩子群的势力，谈吐举止经常"不买账"，六毛头就经常带同学"寻衅"。论动手，王小毛不是六毛头的对手，隔着马路"援军"也常常难以赶到，弄得王小毛常常不敢去学校。赵家华呢，体型比六毛头还壮实，小小年纪胸脯已经宽厚，他颇为仗义，专挑高年级的狠角色打架，学校里，谁想"称霸"，他就打谁……我不知他打架有无诀窍，我的观察是，他打架前不和你啰嗦，也不看你眼睛，上前就击打下巴和眼睛或者胃部，就像打一根木桩，直到你倒下去。

五十年后，他和我坐在一起喝酒，举止十分稳健持重，谈起儿时的故事，他并不否认，只是淡淡地笑笑，说，喝酒！

不过后来知道，同学中"混"了不少吃商品粮的同学，他们是城镇户口，并非农业人口，父母不是机关干部就是企业职员，蔡静华就是其中一个。

宝山小学印象

她和我很少说话,座位始终和我隔着一条弄堂,记忆里她上课很认真,浓浓的眉毛,高高的鼻子,目不斜视,很矜持,我常常偷偷地觑她。她长大后成为一名英姿飒爽的女公安,而且热心联络同学感情,几乎每次聚会都是她组织操办,因为大家聚会时多次提起我,故而启动了朋友关系才找到了我的信息,我听了当场眼睛发胀。

什么是情义?暌违五十年的同学仍然跨越时间的千山万水来找你,这,就是同窗情。

都是五十年前的事了,这中间我们跨过了多少人生的激流和险滩。10岁就接受乡土文化的熏陶,对我的一生有极深远的影响,我后来虽然没有"插队",但是到外地艰苦环境工作,直面物资短缺和荒野无序的心态,要远比同侪镇定;再后来长期做调查记者,和各色人等打交道,尤其和边远地区的农民打交道,也比那些没有和土地亲近过的人们更有优势。

五十年后,发现"南赵""中赵""北赵",连同著名的赵家花园——早就变身为高楼大厦。赵家花园的很小部分,变身为"宜川公园"。

尤为吊诡的是,这么农活娴熟的一群,居然没有一人去外地农村"插队落户",按当时政策,赵家华、蔡静华、徐云良他们都"插"到了离家仅十里路的地方,只要高兴,天天可以回家;而"公房"里的三个人,却都离乡背井地去了远方。至于"黑学堂",也早在20世纪80年代就拆了,现址是:延长西路200弄普陀区教师大楼。

唯独王小毛的老家倒没拆,还天天隔着延长路瞪视这幢陌生的大楼呢。

# 中赵村的绞圈房

> 我有幸接触过这类富于传奇色彩的建筑，它的具体位置就是当时的宝山县延长路中赵村的"徐家大院"。整条延长路上，据说只有这一幢保存完好而且相当典型的绞圈房。

近几年，因为石库门文化的研究热，据说是石库门原型的绞圈房越来越引起公众的注意。换句话说，石库门就是借鉴绞圈房的概念重塑的。

这类房子以前都在江南农村，谁也不觉得稀奇，无非"大一些，结构复杂些"。随着城市的迅速扩张，很多绞圈房还没被公众认识就消失了，而且消失得无影无踪，就连说得清它们具体位置和具体建筑风格的人，也不多了。

我有幸接触过（而且几乎天天接触）这类富于传奇色彩的建筑，它的具体位置就是当时的宝山县延长路中赵村的"徐家大院"。整条延长路上，据说只有这一幢保存完好而且相当典型的绞圈房。

小学3年级，我从延平路小学转学到延长路小学，虽则一字之差，却是城乡之差，虽然后来又回到了闹市弄堂，但是这一段生活之瑰丽，却终生难忘。

而最先带我走进这种美好的农桑生活的就是徐云良——我最要好的同班同学。

徐云良就住徐家大院,具体位置在"中赵"村的西端,隔着卷心菜地,与"黑学堂"延长路小学的东门遥遥相望。学校的正门朝南开,面对延长路,但正门一般是不开的。东门小巧而富情趣,门前有沟壑,四块花岗岩的长石条是门前小桥,门廊上爬满了紫藤,站在徐云良的家,可以清晰地看着同学们进进出出,3年级的小学生已经有朦胧的男女意识,徐云良发现我最注意两个女同学,一个叫蔡静华,一个叫程蕙英,便总是对我暧昧地笑笑,那笑的意思是:嘿嘿,动人家脑筋是伐? 但事实上他什么也没说。

他就是这样的性格,从小就是"小大人",一张宽宽的四方脸总是笑眯眯的,举止谈吐稳重而沉着,他喜欢发表独特的个人意见,但不会大声喧哗,更不屑哗众取宠。3年级下学期刚开学时,有一次集体朗诵"三大纪律八项注意",读到"第八项注意"(顺便说一下,每每读到第七条"不许调戏妇女"时,班里秩序总要乱一乱,有男生会故意拉直嗓门刺耳怪叫)时,大家都读"不许虐待俘虏",唯独他读"俘虏兵",显得特别突兀。班主任沈老师问他:哪里多出来的一个"兵"? 疑其搞怪,叫他站起来。他从容不迫地站起来,缓缓出示语录本,老师过来一看,没话说,这是一本部队印刷的语录本,当时军队的威望如日中天,而他居然有"部队的语录本"! 我们集体佩服了他好久。

他的家可气派了,中赵村西部很大很大的一个院落,挑檐黑瓦的房子,一圈一圈地向核心的大天井递进,记不得有几重。云良带我参观,说这里住的大都是徐家后代或者与徐家有瓜葛的亲戚,哪里是墙门间,哪里是客堂,哪里是杂物间他都一一介绍。记得客堂

绞圈房

呈中线排列，左右厢房是对称分布的，青砖地面，四角筑有排水窨井；而且还有灶头间腰闼门和几处大灶头，有三四个火眼可供烧煮，一看就是个许多住户的大家族。外墙似乎是毛竹枪篱笆的，有点剥落，露出了墙心。难得的是客堂窗棂啥地方还有花雕，梁上也有木雕。中心是个大天井，青砖铺地，长了很多杂草。因为房子很多而且层层圈圈，小孩子进去有"进宫"的感觉。很多年后，我才知道，这，就是大名鼎鼎的江南绞圈房啊。

所谓绞圈房，即前后两埭（即两进。埭，音 da）房子加厢房，把整幢房子"绞"成一个圈的民居，是清末民初一种具有代表性的江南民居建筑形式，既像北方的四合院，又不太像，因为防水性和排水性都大大强于北方的四合院。

绞圈房以前后两埭的为多，其形制特点为：前埭平列有 5 间房子，居中是墙门间（就是入口），墙门间左右各连着一间，都叫次间；次间两边又各连着一间，都叫落叶；后埭也是 5 间平列的房子，除了中间那间叫客堂外，其余房子的名称同前埭；前后落叶之间有竖向厢房相连；前后埭中间是庭心（天井）。沪上的石库门研究专家普遍认为，绞圈房和石库门有一定的关系，因为石库门就是脱胎于江南民居，两者有许多相似的地方，可以说，石库门是随着时代发展从绞圈房演变过来的。其建筑本身的质量、精美程度，都使它更具价值。

云良家，好像是西厢房的，配有坐北的"落叶"和"次间"，住得很宽敞，屋后有很高的大树，以及竹园，竹园后就是生趣盎然的河浜。

　　我在闹市长大,突然发现郊区那么多新鲜有趣的东西,简直是一次脑洞大开花。儿童的眼里,乡居生活太可爱了,比如捕知了,以前只在菜场门口看到知了,现在居然可以跟着云良直接捉它们了!那种兴奋难以言表,原来知了有多种,最早出土的体型最小,淡褐色的,叫声单调——"吱"……;天最热时出土的,云良他们叫"蚱蝉",黑色的,体型大,叫起来震耳欲聋;最文艺的那种叫"药死它",灰绿色,天越闷热,它越死叫——"药死它!药死它……"一旦被捉住了,不像蚱蝉,仍然同声长鸣,而是发出"蝈、蝈、蝈、蝈"的叫声。

　　捉知了,可以用面筋粘,但面筋制作比较烦;用松香或柏油粘,简单,但是知了身上的黏糊物无法去除。高手用网罩,云良就是这样的高手。树身是凹凸不平的,云良的本事是用网悄悄靠近知了,如果网口和树身不能吻合,他会虚敲一下,知了受惊就飞,便恰恰扑进云良的网里,十拿九稳。

　　知了网是个锥形的长三角网,知了一旦进去就退不出来了。

　　云良还带我钓鱼。王家巷后面有一个深深的池塘,满是水浮莲。那时钓鱼觉得鱼钩很少,就用回形针拗成鱼钩状,缺点是没有倒刺,上钩的鱼儿容易滑脱。云良则眼快手快,一感到手中有鱼就迅速起钩,一出水就朝岸边斜挥,这样,鱼就被抛到岸上了。

　　夏天里一旦天气闷热,鱼就会浮头,云良带我在学校后面那条活水浜里叉鱼,兴奋得狂叫,因为他的鱼叉简直生了眼睛一样,一叉一个准。他还带我拷浜。筑坝,把一条小河截断了,用面盆或水桶把水戽干,到时候,河底到处是蠕动、打挺、扑腾的战利品,黑色镶嵌金线条纹的泥鳅、紫红红的龙虾、肚皮雪白的窜条鱼、虹彩的鳑鲏鱼、傻傻的河蚌……类似的狂欢,在我原先居住的静安区那真是想也别想。

五十年后的一个暮春时分,我和云良暌违半个世纪而重逢,忍不住要告诉他,徐家绞圈房的天空一角,那挑檐,那黑瓦,那树,那云,那河对岸的花圃暖棚,总是定格在我的记忆里,是一幅固定的画,无论我在云南边境,还是河西走廊或者内蒙草原采访——哪怕走遍世界各地,这幅画,始终没有褪色,永远倚在记忆的一角。

云良听了非常感慨,拉过蔡静华来——"咔嚓",五十年第一次合影。

# 棚车"大本营"

那是 20 世纪 60 年代后期,每逢春节前后,上海站照例是人山人海,都是"上山下乡"的族群,汹涌的人群并不比现在的民工少,但给我的印象是,铁道部处理乱象的能力特别强,常用的利器就是大量启用"棚车"。而真如火车站就是专发棚车的"大本营"。

话说春运,最最绕不过去的无疑是铁路。

铁路上海站(上海市民习惯称为"新客站")的东南方是原来的老上海站,现在的"铁路博物馆",大家习惯叫"北站"或"老北站"。但是,向西,离它 5 公里处还有一个火车站——真如站,又叫上海西站,也是不能忽略的。

它的资格非常老,清光绪三十三年(1907 年),真如站就与沪宁铁路同步营运,1946 年改称真如站。与真如站共处一隅的可是更有名气的所在——真如镇,它在真如火车站的南边,古籍记载,"真如之地,约成陆于五、六世纪,古称桃溪,因桃浦得名。元代迁建真如寺,缘寺发展,遂名真如"。这个古镇在我眼里,主要亮点有三,第一当然是真如寺,也叫普陀真如寺,位于上海普陀区真如镇北首,占地近 15 亩,建筑面积 1 370 平方米,毫无疑问,它是上海著名的佛寺,原名"万寿寺",俗称"大庙",全国文物保护单位。第二是淞沪抗战十九路军军部遗址,1932 年"一·二八"淞沪战役爆发,驻防上海的国民革命军第十九路军在蔡廷锴、蒋光鼐等率领下奋起抗击,前敌临时总指挥部设于真如站范庄。第三就是真如镇驰名全上海的"羊肉面馆"。此地原来是农郊,但如今,真如镇上早已没有了种田人,但农郊晨起即啖羊肉的习俗,却至今还留存着。一碟如脂似玉的白切羊肉,一碗热香扑鼻的红烧羊肉面,不仅满足真如人的口腹之欲,更是一种笃定知足的生活情调。天天这么吃着,还吃出了不少显示老吃客身份的"切口"——老吃客叫菜是不讲大白话的:叫"元宝",就是要羊肝;喊"招子",就是要羊眼睛;点"腰护",就是要肋排……

不过,我与真如镇以及真如站的接触还得从"棚车"开始。

那是 20 世纪 60 年代后期,每逢春节前后,上海站照例是人山人海,都是"上山下乡"的族群,汹涌的人群并不比现在的民工少,但给我的印象是,铁道部处理乱象的能力特别强,常用的利器就是大量启用"棚车"。而真如火车站就是专发棚车的"大本营"。

棚车者,铁路货车的一种也,通常半夜发车,票价只是绿皮车的一半,甚至更便宜,有时候一口气可以挂上三四十节。多年后我才知道,那时常见的为载重 60 吨、容积为 120 立方米的 P13 型棚车,运力特强。我 1968 年第一次送邻居(知青)去边疆就是在真如站,那真是万人汹涌,哭声震天,想着:"介许多宁,哪能运得忒?!"很多人其实都和我一样困惑,觉得车站根本无力化解山一样的人群。后来发觉我们的担忧是多余的,棚车的消化力特强,它里面没有任何设备,包括最简陋的坐具,就是一个空空的超级大铁箱子,每个"大铁箱",因为"绝对空腹"而足够塞进二三百席地而坐的人。30多节车厢,如同打"俄罗斯方块",巨龙般地一启动,任你人群多么黑压压,"咕"一记"航母走你",就近万人"揩忒了",月台上突然清空,切糕一样,一下子"切"得清清爽爽。然后再放人进站,再放棚车,印象里一个昼夜连农民加知青"揩忒"十几万人绝对没有问题。

从1970年开始,我常常去杭州过春节,售票窗常常对我们说,只有棚车了,午夜12点发车。那时绿皮客车去杭州似乎是3.6元一张,而棚车只需1.2元左右。

我们说过了,为了疏散北站的人群,棚车通常都是"真如站"发车,车票很简陋,白皮,车次与发车时间都是小贴士糨糊临时贴上去的。那车大概先前是运送牲畜的,上去就是一股尿臊味,但地板还冲洗得干净。门一开,大家伙就涌了上去,席地而坐,有带报纸的,也有自带马扎的,没有什么好争的,只求离厕所远点。所谓的厕所无非就是车厢某角的一个巨型的马桶,大小便都是它,白木做的,嵌一根横档,外面拉了一块粗布,男女通吃,车一开动,就有稀里哗啦、噼里啪啦的不雅之声充斥车厢。那股"兰麝之香",你闻也好,不闻也好,它就在那里。而高过头的车壁上,有密布的大铁钩,乘客的行李(主要是网线袋和人造革的旅行袋)便纷纷挂了上去。电灯自然是没有的,几盏煤油灯悬着,车厢里人影憧憧,棚车的特点就是晃,车晃得厉害,灯光也摇曳得厉害,真担心直接掉下来。我多次乘棚车,比较幸运的一次是乘上最后一节,也就是最幸运的一节,人稍微少些,大家裹着棉大衣蜷缩着,中间便空出一块地来,不知谁唱起歌来,许多人就跟着哼唱,不外当年的红歌一类:"雪皑皑,野茫茫,高原寒,炊断粮……"

时值"文革"的后期,江湖上已经形形色色的人都出来探头探脑了,接着红歌的哼唱,一捏糖面人的,拿出余热的家什,红绿黄白四色地捏起了糖人,乘客不耐枯坐,一下子把他的糖面人买光。又一戴毡帽的,包里摸出一把唢呐,凑到嘴边,一不小心,吹了个"文革"前的老曲子"洪湖水浪打浪",被几个老辈人数落了几句,也不见有人训斥他。

棚车没有乘务员,没人管,事实上是一个临时凑集的旅行空间,谁都不知道谁的底细,可以享受短暂的"无政府主义",有人喝酒吃熟食,有人玩扑克牌,有人猜人民币"单号双号"小赌赌,也没有人搭理。比较文艺的是口琴,第一次听人大胆地吹苏联歌曲《灯光》就是在棚车里,那是一个瘦削而忧郁的青年,倚着小窗,那窗小得真跟练习簿差不多,疾风把他的头发吹得很乱很乱。

棚车的特点就是"小娘养的",它没有自己的运行时刻表,也就是偷觑着正常列车的运行间隙而狂奔几下,如同"前列腺"的节奏,就是淅淅沥沥尿频尿急,总是滴滴答答地让车、停车,偶尔觑得机会就疯了一样地狂飙,或者就是无故停车,停好长的时间,有一次居然足足停了三小时。每每这时,乘客们会拿出自己的食品和大家分享,主要和周围已经混熟的小圈子分享,由于各地的旅客都有,也就各地的特色都有。我吃过最有印象的食物就是一个镇江人用当地土法腌制的"硝尾巴",硝过的猪尾巴,好吃得天上人间。

还有一次车过嘉兴时,卖"大力丸"的黄巾力士出场了,这厮赤

棚车

膊,肌肉暴绽,腕缠白绢,站在中央,更不打话,拿过砖来,置地一
劈,粉碎。大家喝一声彩。他傲视一周,见一军人坐着一块砖,便
说,刚才有人怀疑那砖,您是解放军,大家信得过,请把砖给我,我
再来一次……

我那时对这位力士真是佩服得五体投地。他啪啪响地拍着腰
部说,父精母血,肾,乃后天之根本,男子肾亏就一定腰酸头晕,膝
软遗精……

我听了赶紧心虚地抚腰。他又说,肾亏之人,再吃蹄膀老鸭都
没用,虚不受补,能救你的,只有"大力丸",但现场数量有限,今天
只给有缘之人。

在当年棚车内森林般的举手中,就有我的一支瘦胳膊。一张
车票才1元多一点,这一服"大力丸"居然收费3元,还唯恐到不了
手,车厢里男女老少,一迭连声地喊便宜,如同前些年排队买"爱疯
6"似地疯狂,连那位解放军战士也红着脸买了一包。

记得那晚,棚车在硖石站(后来知道是徐志摩的老家)停了好
久好久。那黄巾力士原说"数量有限"的,可临了却取之不尽,用之
不竭,但尽管这样,大家依然很快乐。因为杭州已经遥遥在望。

这是个狂欢的冬夜,看南方星空,猎户星座闪烁着壮阔的
光芒。

多少年过去了,星空依旧,棚车依旧,春运依旧,数据显示,中
国铁路目前仍拥有棚车10多万辆,约占货车总数的20%。

总说车源不够。为什么舍不得临时启动棚车呢? 如果非常便
宜,甚至免费,"咕"一记,可以"揩忒"多少"俄罗斯方块"啊。

对农民工来说，让愿意坐高铁的，坐高铁；愿意坐棚车的，免费坐棚车，多好。年三十只有两个字：回家！

2009 年 1 月 8 日，投资 40 亿元人民币的铁路上海西站（真如站）大型交通枢纽工程开始动工。2020 年后，预计未来每年客流集散量最高可达 1 亿人次，旅客如果从南京上车 1 小时后抵沪，可以在这里轻松换乘三条上海地铁（11、15、20 号线），直奔上海市中心及各个角落。

不过，那时棚车们即便彻底歇菜了，那些在棚车里度过的夜晚也还活在我心里。

# 无言的结局在"八村"

> 曹杨一村的"红桥"是全村的心脏地带，无论梧桐叶落，还是银杏叶落，它都诗意盎然，但"八村"在我心中的地位也许更高，因为那里有我早期的爱情。

"首批中国 20 世纪建筑遗产"中上海有 13 处入选，曹杨新村赫然在榜。

上海的地标，若论六十年来基本形态未变者，曹杨新村即是。1949 年以后，上海工人的地位发生巨变，一个最显著的标志就是全国第一个"工人新村"的崛起——曹杨新村。它始建于 1951 年，许多全国劳动模范、先进工作者陆续在此安家落户。就我所知，全国劳模、著名的纺织女工杨富珍就住在这里，现在年轻人已经不知道她了，但我们那时常常可以看到她。经过六十多年的建设，曹杨新村已发展为拥有优质教育、医疗、文化、科技、环境、交通等资源的大型成熟社区，作为全国首批外事接待单位，先后接待了来自世界各地 150 多个国家的首脑、政要和旅游团队。

它的位置在上海的西北，高空俯瞰就是浓绿的一块，南襟苏州河而北倚沪宁线，沿沪西名桥"三官堂桥"北下的干道曹杨路，就是以新村的名字命名的。

经历了动荡的、不断迁徙的少年时代后，我大概 18 岁那年入住曹阳八村,整个曹杨新村给我的感觉就是两个字:"绿"与"静"。

绿,就是到处布满浓荫。静,就是随处充满诗意。曹杨一村的"红桥"是全村的心脏地带,无论梧桐叶落,还是银杏叶落,它都诗意盎然,但"八村"在我心中的地位也许更高,因为那里有我早期的爱情。

1972 年我中学毕业,分配在长寿路 19 号的传动机械厂做"代训艺徒",为谁代训?不知道,所以叫"无去向代训",好比菜场里的半成品,谁要,就谁拿去再加工。但总方向已定:离开上海。而上班,还得像个正常上班的,早、中两班,每天到八村 63 路公交车终点站上车,大约半小时到达长寿路桥堍的"国棉 14 厂"站落车,传动机械厂就在对马路。

那是一次偶然,我的眼睛突然一亮:63 路什么时候来了一位新司机?她只是朝我轻轻一瞥,我就内心一震。

可以直截了当地说,她就是章子怡那种的脸型,窄窄的小脸,蛾眉,明眸,鼻梁笔直,弓形小嘴,但表情极其冷峻,几近肃杀。

我之性情疏懒大概从小养成,故家人对我上班常常迟到从不感到奇怪,但他们突然发现,什么时候开始我不但不再迟到,而且还常常早出门,我想他们大概至今还想不到她的身上去。

"63 路"隶属于我们家附近的公交三场。她如果是早班,那么到达曹杨八村终点站的时间总是 5 点半。我如果早到了,便在调度室的外面等她的车,当然总是装成无意的、凑巧的。那时候,63 路曹杨八村调度室的日光灯特别亮堂而且 24 小时通明,是方圆一里内最抢眼的地标。

坐早车的人通常很少。我上车以后总往她后面一站——那时公交车驾驶室后有一栏干,我打小就喜欢靠那儿,看司机怎么开车,怎样打排档,怎样打方向。

她戴着白手套,打着方向,特别大气;扳着排档,又特别地干练。我为她着迷。大概直到三十年后,我才学会开车,还忘不了她扳排档的飒爽英姿。

我一直无从知道她的名字,只记住她的车号"520",所以暗地里以"520"来称呼她。她很快察觉了我的反常,最初是警惕地瞥我一眼,意思是后面有那么多的空位为啥不坐,偏要暧昧地站在我后面? 后来见我每天安静地站在或坐在后面,并无不轨行为,目光便温和了。

再后来,每每车快到"国棉14厂"时,她就会有意无意地回瞥一下,像是注意我,又像是关注车厢内的状况,东边日出西边雨的,让人心跳又突然加骤。

早班的六天,总是默默对眼而令人心驰神荡的六天,她的眼光时而大胆滞留,时而一滑而过,时而是询问,时而是狐疑,时而是鼓励,有时候甚至是怂恿……

早班下班与中班上班不太能碰到"520",偶尔碰到,她的眼睛会特别明亮。某日她的车停靠西康路站,车头向西,夕阳西下,我从下面仰视她,她也看到了我,大概与阳光的交织作用,她的眼睛突然放出琥珀一样的晶光,特别美丽。还有一次巧了,正好交接班,我听到一个姑娘尖声叫她"唐建英"(音)! 她应了一声又看着我。

但我是一SB,一个不可救药的SB,只知道痴痴地站在或坐在她后面犯傻,或者傻到问我的邻居好友张锡康:"520"这样的眼神,是对我有意思吗?

张锡康笑了,当然啦,这是要你上前搭讪的信号!用四十年后的话说,就是要人上前"把妹"!

我当时却吓得脚软:要是不理我,怎么办?!岂不是自己打脸?!

其实我那时最大的心病,就是要去外地,一个上海姑娘怎么可能嫁给一个"外地人"呢?就算和她认识了,她能接受我吗?我将如何介绍自己的窘态?念甫及此,强烈的自卑心马上来袭,整个人都不好了。

所以,整整三年的上海代训期,我的精神几乎都围绕着"520"、围绕着63路曹杨八村终点站的灯光转悠,和她唯一的一次对话是某个春节,我坐62路恰逢"唐建英",空旷的车厢除了售票员几乎只有我与她。记得车过大统路时,车窗外烟花四射,我鼓足勇气(那天我不知激励了自己多少次),问她:"过节,也不休息吗?"

回答只有三个字:"嗯,加班。"

她那时已经对我完全失望,"跟车"三年,废柴一根,哪里知道我是有苦说不出,天天吟诵着"无言独上西楼"。

说来也奇怪,自那次对话后,她倏忽不见,"520"车也换了司机,我像丢了魂一样,除了张锡康,这段可笑的单相思没人可以诉说。

我们的代训期因故又延长了一年,没想到我和"520"注定还要见一次面。

　　1976年底我被分配至安徽宁国县的"上海小三线"单位上海胜利水泥厂,厂子窝在荒僻的深山里,我们眼里,宁国县无疑是繁华的福地,刚到水泥厂,我们喜欢在星期天逛逛县城。那一日走进农贸市场,天飘着微雨,路面潮湿,熙熙攘攘的人群中,有一顶花雨伞婷婷袅袅地正面过来,我对其下意识地一瞥,顿时张口结舌,惊得差点叫出声来:那,不正是"520"吗?!千真万确地是她!本废柴对她跟踪多年,可说一抹侧影就能锁定她!

　　奇怪的是,她却像根本不认识我一样,眼神一如既往地冷峻,甚至肃杀。

　　她穿着我熟悉的花布棉袄,围脖也是我熟悉的"宝蓝色绒线领",脚上是一双湖蓝色的女式雨靴,左手挎着一只菜篮,俨然就是家庭主妇的气象。

　　我们就这么擦肩而过。在雨中。她甚至没回头。

　　是的,公交三场也有"无去向代训",后来的对应分配就是上海"小三线"的"683车队",车队的总部即在宁国。难道她也是"无去向代训"?难道她对我的突然出现一点也不奇怪吗……

　　打了三年哑谜,原来同是天涯沦落人!两只漂流瓶,本以为错开就错开了,如今可真"别是一般滋味在心头"。

　　打那起,又四十年过去了。我就此没再见过她。

# 长风公园钓鱼乐

独游，就是一个人逛，喜欢水域，便经常徘徊在湖畔，日久就认识了一个钓鱼高手"土匪"——对不起，至今不知其原名，大家都这么叫他，我也就从众了。

春天来了，都想赏花了，"顾村"和"植物园"近年来成了赏花吟春的新贵，换作我，还是喜欢沪西的长风公园。

要山有山，要水有水，要花亦有花——好比迷人的女性，一定得有窈窕的曲线，公园也总得有立体的起伏才妙，否则一个只有平面而徒拥花海的公园，就像一个平胸的女人一样，两乳就像"飞机跑道上摁俩图钉"，脸长得再漂亮又有啥味道！

不过我和长风公园的故事，不在"花"而在"鱼"。这个公园的特点是"面积 36.6 万平方米，其中水面积 14.3 万平方米"。

你一定要注意"水面积 14.3 万平方米"这句话，这意味着它是上海最大的公园湖泊，而且其元神——它的本尊就是一大沼泽，原是吴淞江（苏州河）古河道中的西老河河湾地带，俗称老河滩，因低洼易涝，农民耕种所获无几，是一处有名的穷滩。1956 年初，市政府决定征用这块滩地辟建公园，公园布局模拟自然，因低挖湖，就高叠山，山体坐北朝南，可眺望宽阔的湖面。水面则巧妙地保留了原有的一条西老河，这条河原来占地 69 亩，新挖的大湖将水面扩大为 214 亩、平均水深 1.5 米。施工挖出的约 30 万立方米泥土，分别堆成占地 15 亩、高 26 米的铁臂山和占地 5.5 亩、高 11 米的黑松山，1959 年 10 月 1 日，公园正式对外开放。

还在筹建时它曾被命名沪西公园。但大家都觉得太直白、太不浪漫，1958 年局部开放时命名为"碧萝湖公园"，但上海话读起来像烂泥全部憋屈在嘴里，只听得"憋如""憋如"的，叫不响。于是 1959 年全园开放的前夕，中共上海市委书记处书记魏文伯取《宋书·宗悫传》中"愿乘长风破万里浪"之意，将园名改为长风公园；又取毛泽东《送瘟神》诗中"天连五岭银锄落，地动山河铁臂摇"句，将园中人工湖命名为"银锄湖"，大土山命名为"铁臂山"。

这么一来，园名与景名还真整体和谐了，大气而寓意深远。

第一次去长风公园还是在小学，只觉得很大很远，不懂得欣赏它。1972 年，我们家搬到曹杨新村，才得以常去游园。

入园最令人注意的当然是铁臂山，山高 26 米，为上海公园中人造山之最。山坡树木也的确郁郁葱葱，四季繁花似锦，但 26 米高的山最多也就 10 层楼那么高，论魅力，还是长风的水。

那银锄湖位于公园中部，面积 220 亩。全园水系主次分明，聚中有散。长约 400 米的西老河道，曲折环绕铁臂山，两端与银锄湖相连，形成了广阔湖面与河道萦回如带交融的水景。湖水来自地下水和雨水，夏季水位上升时，有泵站排入苏州河。

它是上海公园中最大的人工湖，水质清澈，钓鱼和舟游的绝妙去处。

长风公园

　　我至今不明白，四十四年前，我怎么会有那么多的闲工夫，可让我经常地独游长风公园。

　　独游，就是一个人逛，喜欢水域，便经常徘徊在湖畔，日久就认识了一个钓鱼高手"土匪"——对不起，至今不知其原名，大家都这么叫他，我也就从众了。

　　"土匪"那时大约大我十来岁，是我那时心目中的"钓神"，黑脸膛，瘪嘴，寡言，成天叼一根香烟，他告诉我，湖里的鱼，主要为鲹鱼（穿条鱼）、草鱼、鲫鱼、白鲢（上海人习称"白鱼"）、昂刺鱼、鲤鱼，偶见黑鱼、鳊鱼和鳜鱼，青鱼和胖头鱼（鳙鱼）更少，"跟我学吧"，他说，主要钓草鱼和鲫鱼。

　　钓鱼的基本功是判断鱼情、"撒塘子"（打窝子）、选饵、提竿技巧以及遛鱼（钓住大鱼后，与大鱼搏斗）技巧。

　　"土匪"教我，不同品种的鱼类，特性都不相同，比如鳊鱼，别看它那副干干净净的白净模样，它其实最喜欢带有动物粪水的食物，所以在牛羊猪鸡鸭饲养场的附近水域钓它最合适；又比如野生鲈鱼，有洁癖，对食物要求极其讲究，不新鲜的、不是活食，它碰都不碰，甚至其他鱼类咬过的饵料，它也不碰，可算鱼中"变态"；鳜鱼肉多刺少，但其背鳍上的刺有毒，吃它苦头的人不知有过多少：钓它起来把它脱钩的一刹那，总是被它的背刺刺到手，红肿多天好不了，"土匪"的独门诀窍是，尽快从它肛门处挤出像奶一样的透明乳液，涂在伤口，很快就能止血止疼。

　　"土匪"教我钓鲹鱼。鲹鱼性格活泼，到处乱窜，食性杂，视觉听觉都灵敏，"土匪"垂钓时，先撒一小把麸皮，然后下钩，钓饵用苍蝇或小蛾子,发现浮子被拖,立即提竿,可以在同一地点连续钓上很多鲦鱼。

钓草鱼,就不简单。草鱼贪食,喜欢在水域的中上层巡游。由于它觅食时一半靠嗅觉,所以"土匪"常用酒糟和菜籽饼做诱饵,用蛆虫、肥肉条做钓饵,一旦1公斤左右的草鱼上钩,土匪就最担心其逃脱。他介绍说,大草鱼因为常吃粗糙的草类,嘴唇附近的皮肉已经锻炼得很老硬,如果上钩,钩子便不易深扎,草鱼力大的就容易脱钩。

而鲤鱼你别看它,和鲫鱼一样胆小多疑,更因为有"成龙"的潜质,鲤鱼的疑心病比鲫鱼还重。它爱吃新鲜牛粪,所以"土匪"常用普通面粉掺入牛粪揉成面团,下诱饵,再用小虾、小蟋蟀或螺蛳肉做钓饵。鲤鱼一般不会贸然吃食,而是反复碰触钓饵,让浮子上下浮动,这时提竿往往落空。"土匪"此时往往不动声色,待到鲤鱼确认没有危险,一口吞下钓饵出现"黑漂"(浮子猛然不见)时,再猛力提竿,此时的鲤鱼往往负痛狂窜,甚至跃出水面,"土匪"便与其展开拉锯战,直到把鱼拖垮而乖乖就擒。

跟"土匪"钓鱼最惊险的一次是遇到一条大黑鱼。黑鱼性凶猛,号称"水老虎",它有"晒鳞"的习惯,就是天气晴好时,黑鱼会浮在岸边水草密集处晒太阳。那次是一条大家伙,看它头部之大小就估计有三斤多重。"土匪"用青蛙作饵,挂上手竿,悄悄地接近它,这是需要功力的,不能惊吓了它。那大黑鱼一见如此美食,便大张黑口,一口吞下,发力奔跑。这边"土匪"也在发力,孰料人力不如鱼力,扑通一下,竟然把"土匪"给拖了下去。春寒料峭,"土匪"就站在水中与黑鱼较劲,时值游园旺季,众皆大笑。

　　"土匪"住曹杨三村,我后来去了外地,就和他很少联系了。他还有一个令我难忘的脾性,那就是钓鱼而不吃鱼,钓来的鱼总是送邻居。前几年去世了,听说是遛鱼时,突然死于心肌梗死。

# 乔家栅的菜馒头

一口咬开它们，就是"一篷鲜香热气直冲口鼻"，那菜馅，油汪汪碧绿生青，香豆腐干丁，发得颤巍巍，嫩娇娇；香菇末，因为精贵而放得少，若隐若现的馥郁反而更诱人了，一口下去，综合感飘飘欲仙死不抬头……

近来门口的柳州路连开了三家点心店，"乔家栅""大富贵""老盛昌"，都做菜馒头。

这菜馒头，上海人就叫"菜馒头"而不兴叫什么"菜包子"的，向来是南市点心大王"乔家栅"的强项。话说"乔家栅"的"栅"，上海话读如"色"，其全称是"乔家栅食府"，乃驰名中外的中华老字号品牌，创始于清宣统元年（1909年），其前身是永茂昌汤团店，先后在上海南市区（现并入黄浦区）乔家路、馆驿街、旧校场路等处开设分店。而开设于老城厢乔家路上的永茂昌点心店，虽处于乔家路这样一条小路，但因其汤团颇具特色，故顾客近悦远来，生意兴隆，且将该店亲切地称作"乔家栅"。

1956年全行业公私合营后，"乔家栅"由乔家路迁至老西门中华路上，点心名师高手云集，由此，乔家栅名特点心名闻全市。

人们大凡做寿、过生日、乔迁都要选购"乔家栅"的寿桃寿糕，逢年过节也忘不了"乔家栅"。如春节的"八宝饭""松糕""桂花糖年糕"，元宵节的"汤团"，清明节的"青团"，端午节的"粽子"，重阳节的"重阳糕"等。"乔家栅"久盛不衰，闻名沪上，原上海市副市长赵祖康因此而为之题写"上海乔家栅"金字招牌。改革开放以来，乔家栅的"八宝饭""甜咸粽子""细沙麻球"等十几个传统品种和创新品种曾多次荣获国家商业部金鼎奖、上海市优质产品，1994 年又被评为上海市名特小吃。其江南传统风味菜肴也卓有声誉。特色菜肴"红烧河鳗"获全国第三届烹饪大赛的金牌；"上海熏鱼""特色鸭膀""乳腐肉"分获中国名菜金牌奖；"乔家栅汤包""鲜肉汤团""鲜肉锅贴""绉纱馄饨"分获中国名点称号。

话说那条"乔家路"，却大有来历，它东起中华路，西至凝和路，曲曲折折 530 余米。原先这里是条叫乔家浜的河流，1906 年被填。乔家路 143 号，这里是明代乔一琦将军的故居。乔一琦（1571 年—1619 年），上海县法华镇人，少时任侠仗义，文武双全，明万历四十七年（1619 年）金兵攻抚顺，乔一琦为游击将军，与金（清）兵激战，背腹受敌遂坠崖殉国，时年 49 岁。

上海乔姓，始于元末，有乔杞任松江知府。乔一琦是乔杞后代。这支乔姓家族后散居上海县城和法华镇，近年在遵义路街道发现的《乔氏家谱》，就是他们的谱牒。

那么乔家的后代，现状如何呢？不久前，我和著名演员乔榛叙茶，巧了，一聊起"乔家路"，他就说他正是上海乔姓之后，"乔家栅"因他们祖姓而得名，无论点心还是菜肴，他从小就非常熟悉。

然而眼下徐汇区柳州路的这家"乔家栅"（分号）的馒头似乎没能彰显它的强项，咬开一看，菜馅黑簌簌的，先就倒了胃口。正宗的乔家栅菜馒头,一口咬开应该油汪汪碧绿生青,香干丁,颤巍巍,香菇末,隐绰绰,一篷鲜香镬气直冲口鼻才是,哪像眼前的,一点精神都没有。

其他两家也大告不妙,来自苏州的"老盛昌"的,菜切得太细,咬去如啜菜泥;徽帮菜馆的"大富贵"呢,掺了过多的香菇,但香菇太梗,口感"硬撬撬"的,都不如我老妈的菜馒头。

小时候,我们兄弟三人,三只"老虎口",大米有定额,但门口有一家静安区唯一有"机动"的粮店,每月不定时地、几乎"贼一样"突击性地供应几次黑黑的"粗面粉",凭购粮证,每户敲章限购。这就是我们的节日了,因为妈妈会拿"黑面粉"做馒头。

天一亮先排队,黑面粉也是售光为止的,然后命我们4分钱去烟纸店买一块"鲜酵母",外包装粉红色的那种,比方糖大一圈,有醉人的甜香。这份差事我们都争着完成,以示积极。待买来,老妈已将面粉掺点水和好了。第一次水不能太多,也就是面团不能太糊,中间挖个洞,鲜酵母一到,就用温水稀释,倒入面洞里,再用一张事先揉好的面皮,覆盖其上。

这团面,通常是揉在脸盆里的,现在再将脸盆放进草窠(上海人也叫饭窠),像母鸡孵蛋似地孵它,这一段时间应该有几个小时。趁此期间,老妈开始剁菜。青菜的生与熟当然讲究,一般是开水烫一下,绞干再剁碎——不能剁得太碎,否则没口感。把豆腐干也切成丁了,也是个功夫活。香菇泡透后,去尽根蒂,剁末。三合一,加油,加蛋清、调料反复搅拌,馒头馅就成了。

此时也,已经是满室飘香,因为发酵面团已经膨胀成一个大大的圆球,如同一个月球坑坑洼洼的表面,散发出鲜酵母特有的奇香。母亲患有肝硬化,馒头做到这一步已经是气喘吁吁,恨只恨我们少不更事,还一个劲地催着母亲:快点!快点!阿拉快饿死了!于是她滴着黄汗,撑起身体包馒头,上蒸架,上锅盖,等到馒头上笼隔水蒸,她往往已经瘫在床上呻吟……

这样的馒头,换做今天,我想我们兄弟仨无论如何应该是咽不下的,但那时我们是饿狼,管它呢,一口咬开它们,就是"一篷鲜香镬气直冲口鼻",那菜馅,油汪汪碧绿生青,香豆腐干丁,发得颤巍巍、嫩娇娇;香菇末,因为金贵而放得少,若隐若现的馥郁反而更诱人了,一口下去,综合感飘飘欲仙死不抬头……

需要说明的是,那时的鸡蛋很精贵的,香菇更精贵,母亲便常用猪油渣代替它们。这样的馒头馅凝聚力差些,咬时容易散落,但猪油渣的介入,使馒头更香了。

除了菜馒头,妈妈还能包萝卜丝馒头(里面放点开洋)和"糖馒头",她的馒头总是做得特别大,黑面粉黑黢黢的黑得发亮,我们叫它们"小猪猡",一个人一口气可以吃它五六个呢!

整整五十年过去了。姆妈早已作古,既留给我们无数温馨的记忆,也留给了我们一份偏执:天下馒头,总是姆妈的馒头最好。

姆妈的菜馒头,更好!

# 熟食名店鸿运斋

同样地处沪西，静安寺可比曹家渡的档子要高不少，它的亮点，除了那座密宗的寺庙和"百乐门"外，在我心中就是沪上大名鼎鼎的熟食店鸿运斋了。鸿运斋在哪里呢？鸿运斋现在没了。

听说"百乐门"要开张，不由得想起了静安寺，进而又想到"鸿运斋"。

静安寺（并非只限于一座寺院，而是由毗邻静安寺庙形成的一片街区，缘于静安寺而得名），一个过去三天两头要跑过的地方，现在居然要费神去想，可想而知，我现在住得离它多远。

早先"静安寺"一带是乡下，拥有天下第六泉"涌泉"。自古寺庙都要造在荒僻冷落之处，可见它的周围有多荒。后来租界一直往西拓展，也就有了"静安寺路"，无数洋房沿着这条路的两侧，鳞次栉比地造过来，常德路张爱玲住过的"卡尔登公寓"只是其中的一栋而已，后来改名南京西路，那当然是很久以后的事了，故而同样地处沪西，静安寺可比曹家渡的档子要高不少，它的亮点，除了那座密宗的寺庙和"百乐门"外，在我心中就是沪上大名鼎鼎的熟食店鸿运斋了。

静安寺的心脏部位，是华山路与北京西路交界处，以及愚园路、万航渡路（梵皇渡路）的交界处。小时候，此地商铺名店之多，密集到你喘不过气来，老松盛、三阳盛、西区老大房、大发、绿阳邨分店、得利车行、亚细亚食品店、正章洗染店、鼎新园糕团店、乐村酒家、红艺照相材料商店、南京饭店、立丰南货店、富丽绸布店……

那么"鸿运斋"在哪里呢？鸿运斋现在没了。

当年南京西路转弯角子上有一家"正章洗染店"，"正章"隔壁是茶叶店，接着是修钢精锅子配钥匙的五金店，三轮车站点，再隔壁是变电站，变电站过来朝北，就是鸿运斋熟食店了，熟食店隔壁就是报刊门市部，再过去贴着愚园路就是百乐门舞厅了，"文革"后改名为"红都剧场"。

小时候去市少年宫民乐组学习吹笛子，总要路过鸿运斋，像很多小朋友一样，总是看一会，咽着唾沫跑开，直到后来遇到老先生纪殁。

纪老是孤老，前清秀才，有学问，那时已经八十多岁了，曾是海上大亨黄金荣的账房先生，父亲和他一起关在牛棚里的时候认识的，"文革"后期对他们的监管松懈许多，他就常来我家走动。纪老嘴很紧，既不吹捧黄金荣，也很少说黄金荣坏话，只是反复说黄金荣喜欢穿布鞋，对读书人非常客气。

嘴虽然紧，学问却不断地侧漏。那时社会上到处在讲评儒法斗争史，他私底下不免技痒，为我讲解王安石、苏东坡诗文，或讲评郭沫若的《奴隶制时代》，无论章句风格还是用典功力，他总是恣意挥洒，随手拈来，旧学功夫极其了得。那时我对写作有点着迷，他说，我可以教你，但是你要答应我，每星期一次，乘 76 路公交车去静安寺的鸿运斋替我买一趟酱汁肉。说是上海人一年要吃四块肉，开春酱汁肉，夏天粉蒸肉，秋天吃扣肉，冬天乳腐肉。

静安寺印象

我当然答应得快，如今年轻人不知道的是，即令是"文革"后期，静安寺一带还是非常热闹的，鸿运斋最出名的是一年四季都不会断档的"酱汁肉"，肥而不腻，糯而不烂，甜蜜蜜的味道深入肌理；其次它的酱鸭也许更负盛名，外观是红曲米油亮的玫色，吃口更是滑爽鲜嫩，滋味鲜美到恨不得把骨头都嚼下去。

纪老每次要我买一饭盒（铝制）酱鸭或一饭盒酱汁肉，酱鸭的价格已经记不清了，只记得1元左右有满满一盒；酱汁肉的价格还有印象，不是论斤的，而是论块的，记得是0.16元一块，每一盒可以放五六块。老人的胃口惊人的好，那时没有冰箱，买来的熟食要尽快吃掉。他常常邀请我共享，边吃，边授我作文的"秘诀"——很长时期来，我都觉得他的"作文法"非常另类、非常怪异，和学校所教完全不同。

首先他认为不是每个人都适合写文章的，没天赋的人再刻苦勤奋也没用。你可以把其他事情做得很好，何必来"轧闹猛"，他说。

他这反动说法在当时直接就是"天才论"，公开讲，是要被抓的。

他也根本不教技法。他说技法是"形而下"，一可以看书自悟，二可以自己模仿。

他主张，做好文章，先要培养一种或几种嗜好，有嗜好，才有性情；有性情，才有佳作。无性无情之"冷人"，读书再多，技法再高，文也无趣，反而养成矫情造作的恶习。

其次，他反复强调，文章是人写的，好比什么花酿什么蜜，什么人也就写什么文，多愁善感的人，就多愁善感下去，"多愁"就是他的风格；幽默调侃的人，就继续调侃下去，调侃就是他的风格；壮怀激烈的人,也不妨一直壮怀激烈。要爱护自己的天赋,不要动辄听人之言去"改造性格",做文章是做文章,做人是做人,做文章成功的,不必做人也成功。相反,文章憎命达,强扭天性的结果,到最后很可能文章没写好,人也做不好。

他那些话,当时听来总觉得"不太正规""不是味道"。有时缠着他聊诀窍,他就回避说,找一本你最喜欢的范本,放在枕边,天天揣摩它就行了。这不是鼓励"学舌"嘛? 我想。但因为他的功底实在厉害,比如可以直接解读《楚辞》,可以大段背诵《论语》,当时的我就不得不服膺他,现在想来,他说的都是无比正确,真正善文的,还摆弄什么技巧呢? 不善文的,学了技巧也是废柴。

作为一个资深的吃货,纪老常常会换点花样,点菜时,对静安寺熟稔得如同自家私房后厨一样,说,老松盛的虾肉小馄饨,每只馄饨必须有一只虾仁,馄饨色泽透明,味道绝顶。静安寺的素面只有当场吃,一出庙门就烂了。又说,老松盛对马路的鸿宾楼的牛肉煎包是正宗的清真口味,有汁。3 分一碗的牛肉汤,用大骨头熬,价廉物美。

除了饭盒,他常常嘱咐我再带一个汤煲,说,立丰南货店每个星期一定有三个上午,会在店堂后门的弄堂里悄悄售卖牛肉汤,那是"立丰"为制作牛肉干而煮牛肉时剩下的,好像是一毛五一大勺,差不多能盛满半个钢精锅。那个汤真是浓得粘嘴,只有"老克勒"才晓得格诀窍,回家煲汤或下面条,可真是天上人间!

纪老后来活到九十多岁才去世。他那谈论诗文的眼光、胸襟、气度乃至臧否万物的气势与气场,令我终生难忘。

# 前女友在"希尔顿"

如今,"静安希尔顿"即将和大家告别,几代人的记忆,几代人的遐想。

我是不怕抖搂往事的,都六十岁的老汉了,还顾忌什么。

一听说"静安希尔顿"明年 1 月 1 日要歇菜,我的心不禁一沉。不是为它,而是为自己——三十年! 它开业已三十年,我看它开业也三十年了,有的人的一生也不过三十年呐!

那是 1988 年夏天,我刚进《康复》杂志不久,因为不是谁都能见证"静安希尔顿"开业的,文汇报的小兄弟徐建青替我弄来一份邀请,我总算能穿过森严的安保而步入大堂,否则只能华山路上探头探脑地张张。当时的上海,它是第一家涉外五星级宾馆,也是最高的地标。那时节出租车都很稀罕,"友谊车队"叫车得预约几天,因此希尔顿开业,除了市领导有专车,各大媒体都是步行或坐公交车、骑自行车到场的,称它为"全上海最华贵的殿堂"是毫不为过的。

和它相比,华山路上前不久还威风十足的"上海宾馆"顿时蔫了,彼时也,达官贵人无不以到希尔顿喝茶议事为荣,励志青年无不以到希尔顿谋事供职为荣,海外归侨无不以到希尔顿下榻会客为荣,"三荣"之中,算老汉倒霉撞上了第三"荣"——大家是否还记得笔者的"地标记忆"写过金陵东路的骑楼？那个当年在金陵东路和我分手的女孩如今嫁了个老外回来啦。

回来了就住最时髦的希尔顿？还打电话请我去吃饭？是显摆（上海人叫"豁胖"）还是示威？我第一反应是不去。虽然事实上我很想去，去希尔顿深度地兜兜、看看——而不是在它开业时蜻蜓点水地走走——差不多是当年每个青年的愿望。作为当时罕见的全钢结构建筑，在 1989 年的"建国以来十大建筑"评选中，它当然地名列其中，它的外立面设计挺拔而俊朗，顶楼还有直升机起降平台，即便三十年后再看，也并不落伍。

她又来电话了，说事实上在外国她生了一种很怪的病，如果再不去看她，以后恐怕看不着了。

我满腹狐疑。但毕竟有了一个坚实的去探望她的理由。那年我三十刚出头，对她还是有点在乎的，然而一进门，就发觉她红光满面，哪有什么生病的迹象。她倒也爽快，说，对不起，怕你想太多，找理由不来，还不如我找个理由把你骗来，住这么好的宾馆，总希望有人知道、有人分享咾，希望你原谅！

她这番话居然是当着那个老外的面说的，一点也不怕他知道，这不明欺着他不懂中国话吗，简直当他"戆大"。不知何故，我据此判断，他俩关系长不了。

我环视了一下，宾馆设施之先进的确不是我们当时所能想象的，窗帘双层都是电动的，屋内电动剃须刀、咖啡机、电水壶、冰箱、保险箱以及进口食品一应俱全，盥洗室内的冲淋设施尤为前卫，当时都是"资本主义社会"的稀罕物。为人称道的尤其是服务，所有的侍应生看到客人都彬彬有礼,弯腰致意,这又是当年国营大宾馆无法想象的,也让我们不太习惯,觉得自己在做早已被批臭的"老爷"与"少爷"。在透明的观光电梯里,你会看到很多当时的名人上上下下。我去的那天,大厅里正好摆设了翰墨丹青,"希尔顿"还邀请了刘海粟、朱屺瞻、唐云、程十发、谢稚柳、陈佩秋等一干丹青大家为宾馆献画送宝,那时国内五星级宾馆极少,能被邀请作画简直就是一种身价,画家哪里会索求报酬,宾馆安排一次盛宴,再安排一次观光似乎就是"报酬"了。尤其让今人看不懂的是,大师们合作的多少巨幅作品就此收入宾馆囊中,既云"补壁"那就上墙啦,还付什么费?

宴会厅墙壁上的巨幅《韩熙载夜宴图》,金碧辉煌。在大堂喝咖啡,透下来的阳光格外明亮,内廷高敞到如此大气,玻璃天顶守护的流水和九曲桥,为国内所仅见,点心部与酒廊早点的阿姨,英文都流利得跟老外毫无差池。

前女友说,去39楼的川菜馆"天府楼"吃川菜吧,也让洋老公尝尝什么叫正宗的川菜。但事实上那才是一次灾难,前女友嗜辣如狂,而洋老公则不停地被折磨,时而辣,时而麻,时而烫,被烙铁般的中国味道折腾得不断地挤眉弄眼,撮嘴吮舌,终于愠怒地罢吃,前女友见状却哈哈大笑。

据此,我又判断,他俩长不了,生活习惯截然不同甚至高度对立,日日夜夜"其能久乎"?我当然知道我这种小人心态要不得,很猥琐,不是说"君子成人之美"么,怎么可以天天咒人倒霉呢?没办法,这种念头就像杂草一样顽强地窜出来,你能咋地。你要问我和前女友有多好，个人隐私，不得披露，只反问你一句，你若和她谈了三年，会好到什么程度？那，你到什么程度，我们也到什么程度。

果然，回国不久他们就离婚了，当然，和我浑身不搭界。不过他们有个女孩，不知为什么叫她"娜塔莎"，似乎很俄罗斯的名字。

如今，"静安希尔顿"即将和大家告别，几代人的记忆，几代人的遐想。记得当年大楼造好后庆祝完工，管理方从楼上往下扔香烟，香烟的牌子有良友、希尔顿、健牌、万宝路……很多过路人都过来和工人们一起抢，那时外烟刚开始在上海流行，希尔顿扔外烟竟然跟发牌一样。

再见了希尔顿，你地下沪江特快，全世界最好吃的油爆虾，12元一杯的生啤，炸猪排浓汤加没有硬边的白吐司，一曲 Hey Jude 风靡上海滩……

再见了希尔顿，你惊艳的海派旗袍裙之夜，顶楼的游泳池、停机坪，大上海最早的保龄球馆……

再见了，再也不见，与其说我们见证了你，还不如说你见证了我们，前女友已是六旬老妪，就连她的"娜塔莎"，都三十岁啦！

# 玉佛寺附近的杠铃声

玉佛寺在上海的名气可是太响了,上海的四大丛林分别是静安寺、玉佛寺、龙华寺与法藏寺,因为驻军,玉佛寺在"文革"期间没有遭到破坏。

我的少年生活搬过几次家,搬到江宁路的那次离玉佛寺最近。

玉佛寺在上海的名气可是太响了,上海的四大丛林分别是静安寺、玉佛寺、龙华寺与法藏寺,因为驻军,玉佛寺在"文革"期间没有遭到破坏。

它前面一条路叫"安远路",后面那条叫"新会路",江宁路在它的东面,南北纵向贯穿而过,租界时代它原名为戈登路,南起静安寺路,北至苏州河,大部分属于静安区,一小部分属于普陀区。全长两公里多。

我们那时常去玉佛寺附近玩。玉佛寺虽然大门紧闭,但周围的小吃很多,"油墩子"摊的周围常站满小孩。新会路口的"牛奶棚"关闭过一段时间,后又开放,3毛钱一杯的"掼奶油"味道极佳,我们通常要把零花钱积蓄多日,才敢去买一杯来过过瘾。

弄堂后的空地上常有"克朗!克朗!"的杠铃声,举杠铃的,因为常常举起后要扔下,掷地便有巨大的声响。在那里走动的都是体格魁伟的大个子,这又让我想起了杭州的三舅"牛大王"。

玉佛寺

因为不堪弄堂里"文革小孩"的欺负,我们曾去杭州避风头,问题是回沪后的境况并没有改变,窗下的童声合唱仍然不绝:捺阿爸,是特务(你爸爸,是特务)! 捺阿爸,是特务!

不知何故,对我们最毒的一直是"袁氏三兄弟",老大外号叫"药死它"(上海一种知了叫声的谐音),老二叫"大花头",老三叫"小花猫"。"药死它"瘦瘦的,黑黑的,高高的,好像患有气喘病,他是六八届高中生,和我杭州的三舅"牛大王"同龄,这个龌龊的家伙,举杠铃绝对没他的份,却总是躲在后面唆使小孩捉弄我们,"牛大王"既然答应我来探班,我就天天盼着他。

1968 年的初冬,"牛大王"终于来了。那天早晨,"童声合唱"刚刚开始,"牛大王"窗前一站,他们就傻了,不知该不该将这场合唱继续进行下去:这么厉害的身坯?!

天气虽有寒意,但"牛大王"仍然赤着膊,下面一条白色乒乓裤,手里把玩着一块雕塑用的石膏料,拳头像钵头一样大,胸部肩部腹部的大块筋肉虬结怒张,如同愤怒的苦瓜疙瘩似地高高坟起,敢说整个静安区都找不到的超级男神!

更重要的是"牛大王"亲聆了"大合唱",为人一向低调温和的他是真生气了,浓眉上扬,隐隐杀气侧漏,他可是见识过武斗大场面的人,江宁路上的几个小毛贼会在他眼里吗?

"大花头"见状立刻回家叫大哥,"药死它"气势汹汹地赶来,远远一看也傻了,进也不是,退也不是,我在旁一见来劲了,指着他大声嚷嚷:就是伊,最坏! 刮伊(揍他)!

"牛大王"一怒,反而笑了,身上块块疙瘩肉突然耸得更高,他这个人就是这样的,越生气,越朝你笑,笑得你汗毛直竖,"咯嘣"一声,手中的石膏被捏得粉碎,窗下的小毛贼们见不是头,一哄而散,正在此时,偏偏一辆粪车蹒跚而过,待粪车走过,不但小孩不见了,"药死它"也不见了。

窗下从此寂静了。但故事还没完。大概一星期后,"药死它"叫来一帮人,还没进弄堂口就造舆论,说要"摆平那个外地人"。没想到,领头的那个壮汉"小四子"一看见"牛大王"就失声大叫:怎么是你呀?"牛大王"?!

两人居然热烈握手,原来"小四子"当年去杭州"革命大串联",就是三舅接待他的,后来又一起在城隍山的山脚下大打群架,是"共过患难"的战友。这下子又轮到"药死它"傻眼了,他目光呆滞,手脚木僵,欹在墙角里,不知说什么好,"小四子"当场就臭骂伊"侬赤那吃了介空噢!走,'牛大王',带上你的外甥,阿拉白相杠铃去!"

弄堂后面的空地上,很快传来了"克朗!克朗!"的杠铃声与喝彩声,"牛大王"看到杠铃,如同老虎看到肉,上来一个潇洒的"抓举",不久又一个稳稳的"挺举",喜得那个"小四子"抓耳挠腮地一叠连声说:"牛大王",别回杭州了啊、别回杭州了啊!

远处是"药死它"一闪而逝的超薄型身形,让我从小就明白:维护道义,也是离不开拳头的,尤其是钵头一般大的拳头。

# 恒丰路桥堍的"小书摊"

多少年过去了,每次路过恒丰路桥,他总要略停一停,想想那些小书摊,想想那个疯狂临摹的年龄,想想那个胖奶奶。

上海我住过浜南,也住过浜北。小时候要从浜北去"上只角",恒丰路桥是最便捷的,因为过桥就是热闹的新闸路,就是小吃遍地的"山海关路",那里的鸡毛菜重油炒面和"友联生煎",外加一碗咖喱牛肉粉丝汤,在那时当然就是"天上人间"了。再南下,就是南京西路的华彩地段了,"王家沙点心店"啦,南京美发厅啦,新华电影院啦,绿杨村饭店啦,"红甜心点心店"啦……

恒丰路桥南起石门二路、北接恒丰路,是通往上海新客站的重要通道。1903 年,广东、浙江商人集资在此建造了一座木桁架桥,光绪二十九年(1903 年)定名为"汇通桥",民国十六年(1927 年)更名为"恒丰路桥",以后几经改建。1986 年,为配合铁路上海新客站工程,投资 1 277 万元,重建恒丰路桥,1987 年底新桥落成。这是苏州河上第一座用悬臂浇筑法施工的桥梁。1999 年,在庆祝中华人民共和国成立 50 周年之际,恒丰路桥全部换上了新的不锈钢栏杆,并在桥上进行了绿化,在桥面隔离带上种植花草树木,这在上海是不多见的。

恒丰路桥印象

但是,我们小时候的恒丰路桥却远没有如此高大上,因南岸桥堍原有舢板厂,也称"舢板厂桥",又桥南原接麦根路,故也有"麦根路桥"之称。我们当时所见的是1948年改建而成的钢筋混凝土结构五孔、长52.7米桥梁。1949年5月25日,解放军先头部队就是通过此桥进入上海市区的。它的致命伤,是"忒矮",桥下净空仅5.42米,经常有船只在此受困,俗称"闷舱";又净宽过小,加上正好位处西侧百余米的航道急拐弯处,水流湍急,极易发生横船、翻船、撞桥等事故。我曾亲眼看见"闷舱",船身在桥洞下面被卡住,动弹不得,船工探出头来急叫,必须靠其他船只的拖曳才能脱险。

但在书籍装帧暨插图画家王震坤眼里,恒丰路桥却是异常的亲切,桥北西侧有当年著名的"扬子木材厂",胶水味一年四季飘在空中;有他后来读完中学的"恒丰中学";还有当年日军大轰炸后奇迹般孑遗的"三层楼"。但最为亲切的是桥北西侧的桥堍背风处,有着常年不衰的"小书摊"(北方人所谓小人书),它们靠墙,排门板似地书架一字摆开,家住附近梅园路的王震坤自打小学起,就是这里的常客。不难想见,他后来成为画家,就是从"小书摊"临摹连环画起步的。

"梅园路附近也有小书摊",他说,但是规模没有此地大,这里简直是"小书"的王国,有"电影小书""寓言故事""童话故事"……最令他着迷的是"古装戏连环画","水浒"啦、"三国"啦、"西游"啦、"聊斋"啦、"三侠五义"啦,"文革"前夕,作为"四旧"它们尚未被"破除",王震坤天天迷沉在此,一边看,一边用粉笔在水泥地上比划。从早看到晚,有时甚至会"赖学",不去上学而和书里的英雄一起傲啸，一起悲戚，一起快意恩仇，是一件多么痛快的事啊！时间久了，就临摹，那些连环画家的名字连同小书名他至今大致能背出来：叶浅予：《王先生》；贺友直：《山乡巨变》《十五贯》《连升三级》《小二黑结婚》；刘继卣：《鸡毛信》《东郭先生》《武松打虎》《狼来了》《大闹天宫》；王叔晖：《西厢记》《孔雀东南飞》《梁山伯与祝英台》《生死牌》《杨门女将》；戴敦邦：《大亨》《一支驳壳枪》《水上交通站》《大泽烈火》《蔡文姬》《陈胜吴广》《逼上梁山》；赵宏本：《三打白骨精》《水浒一百零八将》《小五义》《七侠五义》；顾炳鑫：《列宁刻苦学习的故事》《西湖民间故事》；任率英：《桃花扇》；丁斌曾、韩和平：《铁道游击队》；张乐平：《三毛流浪记》……年纪小，那个刘继卣的"卣"（音由）字，他一直读如盐卤的"卤"；顾炳鑫的鑫字，一直读如"金"。他为贺友直而着迷，为刘继卣而着迷，为戴敦邦而着迷，更为张乐平而着迷。然而他常常像"三毛"一样身无分文。那时的小书，如果是单本，那就一分一本，看后就还，小伙伴之间不得偷偷交换，一旦发现，老板从此把你列入"黑名单"，取消你借书的资格，如果有人等着你这本，书摊老板还会反复催你。但是，他喜欢的"古装"却很少有单本的，连环、连环，可都是"套装"的，一套《三国演义》一般都有六十多本，而且大都是三单本或五单本用"鞋底线"订成厚厚一本的，没钱，怎么看得动呢？很多年后，他承认，由于沉溺太深，看着那些精彩小书，他甚至连偷的念头都有。书摊里，只有一个胖胖的老太，大家叫她"坏眼镜奶奶"的看出了他的心思。她操扬州口音，戴一副老式的圆框的黄颜色镜架的眼镜，一块眼镜已经裂成两片还在戴着，而且高度近视，脏兮兮的镜片后面，有一双微凸的善良的眼睛。王震坤常常一分钱"混看"两本,甚至三本,有时候又和人偷偷换书,"扬州奶奶"却故意装聋作哑地佯装没看见,有时候竟然收了一分钱会给他"三联装"的,天暗了,还会招呼他坐到路灯下来。最难忘的是"借回家临摹"。有一次王震坤被王叔晖的《杨门女将》中的一集迷得实在无法自拔,就抖抖索索地对"坏眼镜奶奶"说,是不是可以借回去,"想把它描下来",没想到"坏眼镜奶奶"一口答应,还表扬他:你这个"虾子"(扬州话,小孩子)会有出息滴,奶奶相信你!身无分文的王震坤感动得当场想哭。

很多年后,王震坤仍然记着这个"坏眼镜奶奶"。我对他说,这个奶奶和当年的内山完造好有一比,鲁迅提到过,内山书店老板内山完造,对于在他书店里偷书的人从来就是"睁一眼闭一眼",他曾说,"爱书的人,他一旦有了钱,一定爱买书的。现在被偷,就等于放了账。而且,少雇些人看偷书的,反而省钱。"

内山真是善解人意,爱书爱到冒险"偷"、爱到"厚着脸皮要借"的程度,将来还真能成才呢!

可惜,"文革"开始后,小书摊因为"充满封资修的毒草"而被一扫而空,那个"扬州奶奶"王震坤后来再也没有看到过。多少年过去了,每次路过恒丰路桥,他总要略停一停,想想那些小书摊,想想那个疯狂临摹的年龄,想想那个胖奶奶。

# 龙潭"铁头"

这地方我曾经非常熟悉,原来是一片富庶的原野,当地习称为"龙潭",蔬菜种植基地,水网地带,鱼虾水产丰盈,龙虾尤其多,我在这附近读过几年小学,有过美好的记忆。

我几乎逢人就说"上海的秋天太美了"。大概是对上海夏天之酷热的补偿,上海的秋天总是格外地凉爽而迷人。

溽暑已然退去,百花依旧绚烂,菊花、西洋杜鹃、木芙蓉、秋海棠,都开得蓬蓬勃勃,秋天的晌午,更其迷人,阳光和煦,秋虫唧唧,田野里到处是庄稼的馨香。我漫步在上海著名的沪太路上,此地原属闸北区,现在为"静安区",作为一个新兴的人口导入区,附近有上海市大华第一小学、平利路第一小学、上海市华灵学校、冠龙高级中学、民办新和中学、回民中学……非常适合有孩子的市民居住。商场则有名仕街、上海澳洲广场、上海华隆百货商场、伊士顿广场、上家商厦,医院有上海申江医院,还有中国建设银行、中国工商银行、中国农业银行、中国交通银行、中国银行、浦发银行,小区栋间距宽错落有致,里面有发廊、便利店、小餐厅,是一个成熟的生活社区。

这地方我曾经非常熟悉,原来是一片富庶的原野,当地习称为"龙潭",蔬菜种植基地,水网地带,鱼虾水产丰盈,我在这附近读过几年小学,有过美好的记忆。

首先,我注意到"上海布丁连锁酒店(沪太路店)",这个位置以前就是我的小学同学王根林的"家",严格地说,是华东电网龙潭变电所,他的爸爸是变电所所长,他们全家,以所为家,负责每天24小时,不间断地监视、维护变电所的正常运行,1960年代,龙潭附近的农舍都低矮不堪,唯独变电所的建筑和我们的新村建筑一样钢筋水泥,窗明几净。

王根林身体壮实,像颗炮弹,他的外号不知为什么被叫做"老黑鱼"。因为变电所的地位特殊,附近农民总是送来形形色色的农副产品。孩子们最喜欢的就是"甜芦粟""黄金瓜"、桑葚、糯性玉米,还有数不胜数的鱼鳖蟹虾,"老黑鱼"的妈妈总是一煮就是一大锅,一把盐,一把葱姜,烹饪粗放,招来一群同学围着吃。王根林很"野",吃饱了就常和小伙伴们摔跤,他还号称"铁头",常用前额撞击门口的大柳树,时间久了,他的头奇硬无比,大柳树也被蹭掉了一圈皮。

附近有一家工厂,很有名,叫"上海刀片机械厂"。我和"老黑鱼"学工时,分在一个组,天天约好一起"上班",年纪小,做做工人师傅的下手,打扫打扫铁沫子也很有成就感。午饭都是自己带,我妈喜欢海产品,给我带的午饭菜常常不是干煎带鱼就是"酱渍海蜇头",放在一个玻璃瓶里。"老黑鱼"的家,多的是副食品,但缺的是"特色菜",如我妈妈所做的"酱渍海蜇头","老黑鱼"只要尝过一次,就会天天缠着我,要求分几块吃吃。

那时的工厂也不讲什么劳动法,我们名义上是"学工",其实形同"童工",没有一份报酬,唯一的待遇就是"喝冷饮",保暖桶里装满酸梅汤与橘子汁,敞开喝,还可以带一瓶回去,因为在社会上,那时的冷饮还是稀罕物。

那天,我的军用水壶灌满了冷饮回家,"老黑鱼"不知咋的有不好的预感,对我说,今天别回家了,住我们家,明天和你家里招呼一声就行了。

我说为什么?他说,我感到今天会有人拦你、打你。我笑了,说,别胡扯了。

说完,高高兴兴地回家,想到家里有冷饮喝了,心里很自豪。

走过宜川一村 132 号的"备战井",忽然就窜出来五六个高年级的孩子,发一声喊,冲上来抢我的军用水壶。我正吓得簌簌抖的时候,只听身后一声怒叱:做啥?!只见一个黑衣少年箭一样地窜了过来,像一只炮弹,直接撞向领头抢我的绰号叫"药死它"的大孩子。那孩子其实已经是初二的学生,在我们小孩眼里,几乎就是"大人"了,但是,不知怎么地,被"老黑鱼"一撞,竟然像一个晾衣竿似的飞了出去,"嘭"地撞在防空洞的出气烟囱上,疼得哎哎直叫。

另外几个半大孩子见状就围住了"老黑鱼","老黑鱼"把我推到身后,用他的头,专门撞人脸,指东打西,指南打北,不一会儿工夫,又被他撞倒了两三个,脸上不是鼻子被撞出血,就是嘴唇被撞豁口。附近有个高中的"红卫兵"正躺在竹椅上喝热茶,见"老黑鱼"为救一个"黑帮子女"如此"嚣张",便趿拉着鞋,傲慢地踱了过来,看架势很想给"老黑鱼"一个大巴掌。谁料想"老黑鱼"撞红了眼,一看"红卫兵"想要威风,就后退几步,一个助跑,那真是一道

"黑色的闪电",一个直挺撞到对方的胸口,只听隐隐地"咔"一声,"红卫兵"也飞了出去,跌在冬青树丛,疼得杀猪一般急叫。

这时大人们围了上来,"老黑鱼"一见不是头,拉了我就狂奔,新村里的人根本就不知道"老黑鱼"这样的野孩子住哪里,只见树丛里拐几个弯,我们就不见了。

事后到普陀区利群医院检查,"红卫兵"的左肋断了一根。大人们去我家算账,但我父亲那时已经在奉贤的"五七干校"监督劳动,根本见不着,我妈也恰巧去了杭州娘家避难,我们家兄弟完全是没家长管的"野孩子"。那是最乱的时候,此事后来也就不了了之。

我吓得在王家躲了一个多月没敢回家。

龙潭的河湖港汊多龙虾,多毛蟹,我常常跟着王根林去捕鱼捉虾。他钓龙虾很简单,一根大青蚯蚓,用棉纱线绑在竹竿上,然后左手持杆,右手抄网,龙虾贪婪,钳住蚯蚓不放,这时只要轻轻提起,右手一抄,紫色的大虾就入网啦!

我们玩得真开心,后来分配中学入学,我们俩的中学相隔很远,渐渐的就走动少了。事隔五十年,走过沪太路,走过新龙潭,就常常想起这一段少年的友谊。

听说"老黑鱼"现在龙潭附近开棋牌室,我踌躇着一直不敢去找他,不知现在的他"油腻"成什么样,生怕现在的他磨损了我少年时代的美好记忆。

# 我的闸北缘

> 向闸北告别吧。老闸北，就像保鲜一样把我的少时的"私记忆"速冻在那里了。它名字改了，但我们心中的闸北还在。

## 曾住"西宝兴路"隔壁

去年这个时候，但凡上海人，几乎没有不关注闸北的。闸北要取消，要并给静安区，有关它狂飙的房价，它和静安的滚床单，由"谣传"而苟且而公开听证，坊间的热议和段子满天飞。

且不管它的前世今生，我的眼里它可是一坨老鲜肉了，肉夹气是蛮重的。幼时，常听大人叫它"赤膊区"。"赤膊区"，意指它卖相欠佳，是屌丝，是"夜壶蛋"，是上海苦大仇深之人的集聚地，但这种说法我爷爷生前一听就是要痛斥的：啥人讲闸北推板（差）啊？它都是打仗，被一次次地打光烧光的！从前的闸北，文明昌盛一点不输给四川路、静安寺的！你们懂什么，不晓得历史跟着人哇啦哇啦乱嚼舌头！

他这么说当然是有资格的。因为他的"外国铜匠厂"原来就开在闸北，1932 年的"一·二八"被炸了一次，1937 年的"八·一三"又被炸了一次，可怜的闸北，在两次淞沪抗战中都是主战场，哪怕是再繁荣、再富庶,请问有谁能经得起飞机、大炮、坦克的恣意轰炸和碾压呢?成为废墟是正常的,嘲笑它"赤膊"、腹黑它裸奔倒是不正常的。

老上海都知道,闸北原属华界,而且"相当有文化"。只要想一想庞大的商务印书馆及东方图书馆都坐落在这里,就知道该有多少文人围着它转。闸北一词,源于苏州河(吴淞江)上的两座水闸。清康熙十四年(1675年)今福建路桥附近的苏州河上建了一座水闸,就是后来所称的老闸。在此造的大桥,就叫"老闸桥";雍正十三年(1735年),在老闸西面三里外的金家湾(今新闸路桥附近)又建一水闸,称为新闸。同理,后来在此所造之桥,就叫"新闸桥"。

"两闸"之北泛称"闸北"。

1898年,重建的淞沪铁路通车;1908年底,沪宁铁路也全线通车,闸北成为沟通上海与江浙的交通中心。交通枢纽的地位使闸北迅猛发展,沪宁铁路与淞沪铁路车站的周围万商辐辏,车水马龙,人烟稠密,其繁华与租界相比毫不逊色。但1932年"一·二八"淞沪抗战中,闸北遭日军重创,著名的商务印书馆及其东方图书馆尽被焚毁。1937年"八·一三"抗战时,谢晋元率八百壮士坚守四行仓库与日军浴血奋战,战场依然是闸北。战后除了天潼路、河南北路、宝山路、七浦路、浙江北路一带还残留一批石库门建筑外,其余中华新路、大统路、芷江路、青云路、中兴路等大片区域悉因战火而"赤膊",大批难民流民进驻,遂沦为典型的"下只角"棚户区。我们家因战火而逃入静安区康定路,到我幼时已全然不知自己的闸北旧居了,在周围人的影响下常怀着鄙视而又好奇的心态,走过新闸桥或者乌镇路桥去闸北,一如哥伦布们之探土著。事实上,"捡棒冰棒"是不去闸北的,因为闸北的人省钱,棒冰都吃三分一根的,冰把都是细细芦苇秆做的,而不是木质的;其二,捡"糖纸头"也不去闸北,满地的水果硬糖纸,找不到一张"太妃"。不过最好玩的地方还是有两处,一为老旱桥,一为新旱桥。老旱桥很陡,一阶一阶地爬上去,很吃力,但一旦登顶则视野豁然开朗,下面是无数被调度的火车。新旱桥的路面是花岗岩的"弹硌路",上有46路"抖抖车"经过,桥上居然可以停靠,它是全市仅有的柴油公交车,停车时不熄火,笃笃笃笃地抖个不停,"文革"时,我们"红小兵"常常借着"宣传毛泽东思想"为名,乘上46路,只要语录歌哼个不停就可以免费一直乘到汶水路,再乘回来。呵呵,假公济私其实很早就蔓延了。

1990年的春天,我最没想到的事情发生了,因为婚后无房,我所供职的《康复》杂志借了一套公房给我过渡,地点居然就是闸北西宝兴路那个浜北人"早点晚点都要来"的"大人家"的贴隔壁:西宝兴路火葬场!

五楼。推窗就可见到令人意会的烟囱。适逢清明,大队祭拜亡灵的队伍从我们窗下井然走过。

那闸北那地方我们住了一年零三个月就搬走了。没有任何不祥的印痕。只是常常想,闸北,与有荣焉。

## 闸北其实很"好玩"

2016年11月4日,上海闸北、静安区"撤二建一",合并为"新静安区"。

有河的地方，故事总是沿着河发生。上海闸北的故事，怎么都绕不开蜿蜒的苏州河。

对60岁的我来说，跨过眼前这条不足20米宽的苏州河，就能回到我童年的"狂野乐园"。脚下的老闸桥，身旁的垃圾桥（浙江路桥），是我对儿时"勇敢"的记忆。

儿时的眼里，闸北因为"野"而很好玩，小孩子都向往"狂野"。夏天，人山人海，万众瞩目，看那些游泳健儿站在老闸桥和浙江路桥上，往下跳水。每跳下去一个，两岸的市民就雷鸣般地喝彩："好！"这是全市人民狂欢的时候，而跳水的人80％是闸北人。闸北人很勇敢、非常粗犷，跳水时，他们甚至敢于爬到铁桥的顶上去，有的跳下去后，就没再浮上头来……

上世纪60年代中期，当我还是"小胡"的时候，出生、长大在静安区的我就明白，即使孩子们在同一条河里"扎猛子"，即使同时听到苏州河上货轮的汽笛声，静安与河对面的闸北也好似两个世界。被叫做"滚地龙"的棚户房子拼搭在一起，上海人眼中的"下只角"、一穷二白的"赤膊区"，这些标签都属于闸北。

只要深入闸北，特别是"太阳山路""中兴路""大统路""沪太路"一带，就可以看到很多现在看不到的生活形态，"闸北人"吃饭喜欢放在门口吃，一到夏天，很壮观，东家西家全把自家的小桌放在外面，像小摊贩一样，聊天，讲讲社会的新闻。这家吃得比较好，红烧肉，那家吃得比较差，炒咸菜。

儿时观看游泳健儿跳水的垃圾桥（浙江路桥），后来成了我的求婚之所,那是怎么也想不到的,那一刻,大概是闸北人的勇敢感染了我,也或许,那一刻,我就是一个闸北人。

那是 1986 年的 8 月,那天,我们谈恋爱才三天,下午四点左右,我就坐在新闸桥的栏杆上等她。太阳尚未西下的时候,远远地看着她走来,阳光打在她脸上,那皮肤像是半透明的,冻石一般。大概意识到我的注视,她走路的姿势有点不自然,最终还是坚持着走到了我的面前。我赶紧从桥上跳了下来。她后来说她也永远忘不了这一刻,我搭着她的肩膀说,嫁给我吧,她说好的呀,哈哈哈哈……

"闸北区、赤膊区",这是曾经对闸北谐音的戏谑。自上海开埠以后,"两闸"之北逐渐发展成因水而兴的集市,繁荣的景象一直延续至近代。自闸北、静安,被苏州河分割为华界和租界后,闸北在这边,静安在那边。彼时的闸北,见证了辛亥革命后中国民族工业的首次飞跃,Made in Zhabei 的国货,足可与舶来的日货相较量。

那时的闸北还是上海的文化重镇。

1924 年 4 月 18 日,一个声音在闸北商务印书馆会议室里响起。演讲的老人,正是第一次来到上海的印度诗人泰戈尔,他的身边站着担任英语口译的徐志摩。

茅盾在闸北生活过十多年,他在宝山路最先遇到的一个小人物——宿舍管家福生,多年后"走进"了小说《子夜》。茅盾说,闸北,是他观察社会的窗口,他的小说里充满了"闸北元素"。

翻看闸北的文化地图,上世纪初,蔡元培、郑振铎、叶圣陶都长期住在闸北。二三十年代,鲁迅、瞿秋白、郭沫若也到闸北定居。

闸北文化圈,曾撑起上海现代文化的"半壁江山"。但这一切,也伴随着民族的苦难顷刻毁灭了。

"一·二八"事变、"八·一三"淞沪抗战,地处华界的闸北,95％的建筑被夷为平地。那灰烬遮天蔽日,甚至飘到了河对岸的静安。

今天的闸北,苏州河边的老房子大量拆迁,曾经的棚户弄堂也早已变作了现代小区。我在浙江路、天潼路交叉处徘徊,以前这里全是老房子,有一家很有名的"天府牛肉面",一流的牛肉面,作坊特制,有嚼劲,卷心菜丝炒牛肉丝,特别好吃。我若不提它,可能以后年轻人都不知道了。

静安、闸北两区合并,"闸北"的名字没有了,曾经的"闸北味道"也愈发难寻了。有关它的记忆还能留多久呢?

向闸北告别吧。老闸北,就像保鲜一样把我的少时的"私记忆"速冻在那里了。它名字改了,但我们心中的闸北还在。

故事,属于过去,却向未来敞开……

# 庄源大的开甏酒

庄源大烧酒之所以有特色，因为有它自酿的
"金桔烧"和"绿豆烧"，遐迩闻名，远及港澳、南
洋一带也颇具声誉，所在路名因此曾改称"庄
源大街"，记得电车还有一个站名就叫"庄
源大"。

　　如果说曹家渡的闹猛是扇状的，那提篮桥的闹猛就是栅状的了。如同一条炫丽的彩带，它大体上兜接住外白渡桥的富丽壮美，自东长治路开始，衔接长阳路，南北呼应着大名路、东大名路，双带逶迤，飘然向东，过远洋宾馆而直抵大连路，沿路商家辐集，百业蓬勃，核心地段在大名电影院、远洋宾馆之间，这一大片长方形的区域，上海人有点模糊地统称为"提篮桥"。

　　著名的 13 路电车从曹家渡终点站出发，穿越整个上海而直达提篮桥，路线之长，上海老话说一路上乘得你"可以养小囡"……

　　旅顺路与马厂路都属于提篮桥地区，它们呈 90 度直角相交，曾经领养过我的宁波夫妇"公公""婆婆"就住在旅顺路与马厂路的转弯角上。几乎每年寒暑假，我都要去他们那里蹭几天饭，时间一长就有了一批玩伴，他们通常只有外号："鲨鱼""撬格力""阿钵头""汤婆子""拉链"……

　　这"阿钵头"其实是"阿八头"，上海人家中排行第八的意思，我

们没事经常一起玩。记忆中的提篮桥，其实已是 60 年代到七八十年代的提篮桥。

阿八头的父亲在区商业局工作，子女中他最喜欢阿八头，常带着阿八头与我逛提篮桥，从旅顺路到提篮桥核心地区也就 10 多分钟的路。他一辈子生活在提篮桥，对提篮桥的前世今生可谓烂熟于胸，从东往西，天福楼、蓝村、南翔陆家店、伯特利、翠华楼、老正兴、鸿兴、奥林比亚、皇冠等饭店，维也纳皮鞋、翠峰茶叶、叶大昌南货和万象照相分号都很著名的商店，阿八头的老爸，一边走，一边数落着，"大跃进"以后，鞋帽、百货、文具、烟杂等 30 多家商店合并为大名百货商店，他指着大名百货商店说，"仔细看看，里面全是'小老板'"。

"小老板看得出的?"我们问。阿八头的老爸笑笑：当然，第一，伊拉抽的香烟起码是"大前门"；第二，他们戴的帽子大都是呢料的。

我们往里面张张，只看到那些发票夹子在纵横交错的铅丝上飞来飞去，看不到那些"小老板"。

"大跃进"以后，天福楼、蓝村、鸿兴等 3 家饭店合并建成两层楼的北京饭店，1959 年，维也纳皮鞋店也迁到了霍山路。我们还常跟着大人去安国路淘旧货，到舟山路农贸杂货市场去看活鱼活虾。

但是，我们逗留的时间最多的还要算"庄源大酱园"，这个提篮桥最大的、专供油盐酱醋南货烧腊的超级酱园就坐落在旅顺路 42 号上，靠近大名路，围墙石库门建筑，店堂内为大 4 开间，店堂

庄源大酱园

面积有 400 多平方米,占地面积应该更大了。儿时记忆,为黑漆高墙门,透棚大天井,店堂轩敞,水磨金砖,夏天里面非常阴凉,穿堂风刮刮吃棒冰,等于现在孵空调;冬天呢,我们可以坐在花岗岩的台阶上,孵孵太阳看小人书,暖和得很,高高的"L"形柜台,并排能站得一二十个买主,营业员总是从高高的柜台上笑着呵斥我们"小赤佬……"

店堂是空旷的,但夏天一旦供应糟货(比如糟鳓鱼、糟毛豆等)和小钵头酒酿,冬天一旦供应水磨糯米粉,队伍就膨胀,就要排到街上来了,柜内蹲卧着各色酒坛,白酒和黄酒都排在西侧,花色酒常常放在天井里,以示买的人多,老木头做的货架上还有琳琅的酱菜、梅干菜以及各色卤干。

说到排队,我印象最深的是庄源大的"开鬶酒",这"开鬶酒"通常有两个含义,一是成批的热销酒一旦到达,为犒劳老顾客,庄源大会开一鬶"样酒"免费提供给大家试喝,比如最常见的绍兴香雪酒和善酿酒,当众敲掉封泥后开一鬶,伙计用直柄的小木勺伸进鬶里,吊一勺给大家尝尝,"粘杯伐"?"忒甜伐"? 老顾客要么到处传颂"格批酒唔没闲话了"! 于是提篮桥四乡八角的人都来排队。

要么就是差评:"忒薄"或者"稍微有点酸",那么这批酒就要折价销售了,大众评议,颇具公权意识。

"开鬶酒"的第二个含义,就是庄源大的自销酒了,这是它名震沪上的强项:庄源大烧酒。庄源大烧酒之所以有特色,因为有它自酿的"金桔烧"和"绿豆烧",前者香味浓郁,颜色黄黄的;后者为肉竹、枸杞、当归等多味药浸制而成,呈豆沙色,色味沁心,遐迩闻名，远及港澳、南洋一带也颇具声誉，所在路名因此曾改称"庄源大街"，记得电车还有一个站名就叫"庄源大"。

话说庄源大自酿的开甏酒只要一开甏，我就会立刻纠集一帮小赤佬去排队，为什么呢？只为阿八头的老爸，他嗜酒如命，每天晚上要浮一大白，而且最喜"绿豆烧"，但是家里孩子实在太多，居然有 10 个！孩子们都要读书，不要说穿衣吃饭，仅仅书费就够他受的了，因此家里窘迫得常常举家喝粥，佐以自做的面饼。他要喝酒，通常只能喝 6 毛一斤的土烧，所以我们一群伙伴就盼着庄源大的开甏酒，让阿八头的老爸改善改善。每次用我们书包里的小小搪瓷杯递上去，师傅就给你斟上满满一杯，一转身，阿八头的小漏斗正等着，赶紧倒进他的军用水壶里。如是循环排队，师傅早就看出来了，不说穿，一般到你第三次排队的时候，就提醒你了："小举"，侬已经第三次了，可以啦！

阿八头他爹，什么酒都喝，最喜欢的还是绿豆烧。有一次，我把马厂路的一群皮大王都叫来"拷"开甏酒，积沙成塔，居然筹满了四只军用水壶。阿八头他老爸一高兴，就对我们侃起了庄源大的故事——

庄源大的"绿豆烧"虽然在上海家喻户晓，但这家百年老店起初并不是以配制"绿豆烧"著称的。早在清朝咸丰年间，有个"老宁波"姓庄在浙江开了间"庄源大糟坊"。清末，庄氏后代庄再豪勇闯上海滩，在虹口租了个店面，"庄源大"才搬到上海来。

庄再豪有一手制酒的好技术，他选用上等糯米、小麦曲，精工细作，配制成优质黄酒。其多年陈酒开坛时，一坛酒往往只剩下半坛,酒香四溢,滋味浓厚,一时远近闻名。但好景不长,民国以后,西洋配制酒大量涌向十里洋场,冲击中国传统的黄酒市场。庄再豪决心酿造出一款具有中国特色的配制酒来。经过不断试验,终于用高粱、色素、药材和白糖配成适当比例,酿成一款入口醇和、浓香中带有甜味的特制烧酒,这便是驰名中外的"绿豆烧"。它既不同于黄酒和白酒,价格又较洋酒来得便宜,很受一般中下层老百姓的欢迎。"庄源大"的名气也就越来越响了,各地都有绿豆烧,但唯"庄源大"的绿豆烧领袖群伦。

庄再豪制酒的配方对外一向是保密的,"绿豆烧"其实并不用绿豆为原料。一次,庄源大隔壁一个杂粮仓库,因到货太多,一时来不及入库,便把不少绿豆堆放在庄源大门口摊晒。上门买酒的人,见到店前堆放着这么多绿豆,发现新大陆,便误传这就是庄再豪制造烧酒的原料。于是一传十、十传百,大家便把庄源大的这种烧酒,称之为"绿豆烧",而庄再豪是个聪明人,犯不着与大家较劲,也就顺水推舟,认可了这个几属荒唐的名称了。

其实,"绿豆烧"的原料还是高粱。不过,庄再豪对原料的要求特别高,一定要用来自天津、牛庄、泰兴、横泾等地的高粱,特制的红曲、玉竹(中药,养阴润肺,益胃生津)和黄栀子(中药,清热降压)捣成的色浆,配方非常严密。红曲放入酒内,酒便由淡绿色变为琥珀色,继而豆沙色,虽久藏而不褪,也不会沉淀;玉竹浆汁入酒之后,酒骨发生凝厚变化,成为人们常说的"琼浆"。黄栀子兼有清热解毒、舒筋活血的功能。再配上一定比例的上等白糖,调制后贮藏一个时期,便成了色、香、味俱全的佳酿了。

阿八头老爸是商业局的,不知是不是在局里专门研究商业历史的,反正他很不幸,"文革"后期没有死于政治迫害,却死于脑卒中,我现在深度怀疑和他的嗜酒如命有关。

改革开放后,庄源大也曾红火过,其著名的"绿豆烧"(庄氏后人献出配方,改由上海中国酿酒厂出品)再次家喻户晓,可惜近年来急剧衰落,庄源大早就被拆了个精光,那高墙门、那大天井、那水磨金砖、那夏日里的森森穿堂风……

上海中国酿酒厂现在也差不多就做做酒精了。

我,再也喝不到上海的"绿豆烧"了。

# 惊魂大名路

四十年前的人们，只注意它的"闹猛"，就算是"文革"后期，提篮桥还是繁华的，1898年设于汇山码头东的协兴粥店，20世纪初分设下海庙两侧的任和兴草药和元昌饼号，都是开设较早、存在较久的商号，到了20世纪70年代，这些商家虽然已被其他商店取代，但繁荣仍在。

那年，我在提篮桥大名路闯了一个祸。

上海人的语境里，"提篮桥"三个字的意思很丰富。不想骂你的时候，"提篮桥"大都被温馨地指向虹口链接杨浦的那一大块商业闹市，那儿商家鳞次栉比，影院、戏院多多，实乃沪东的南京路；但是一旦你希望什么人被惩罚，或者含有诅咒什么人的意思时，那当然就是直指监狱，"提篮桥监狱"，说这三个字的时候，鼻尖夸张地往上走起，牙龈外翻，一字一吐，一副立马要送你进的腔调。

那年，我在提篮桥闯了一个祸。闯祸前，先要说说我的儿童记忆。因为父母是双职工，我大概8个月大就被送到南市局门路一家"老宁波"的夫妇那里代养，上海人叫"领"，既没有"过继"的意思，也不是现在"领养"的意思，就是出钱请他们带孩子。这对没有儿女的宁波夫妇对我很好，按宁波人的习惯我叫他们"公公""婆婆"，我至今记得每天早晨，"公公"把我驮在肩上去喝豆浆、吃大饼油条的情景，他的头发短且花白，总是对我慈祥地笑着。

三四岁的时候，我回家了，但每年春节或中秋，母亲总要带我去看望他们，是故我们的来往始终平静地延续着，直到那天。

那天是 1976 年的 9 月 9 日。上午我和好友张锡康去探望公公婆婆，他们住旅顺路、马厂路附近，吃了午饭，好像还打了个盹，张锡康建议去提篮桥逛逛。我们现在知道提篮桥区片位于虹口区的东南部。东起大连路，折向杨树浦路到秦皇岛路，西至吴淞路，南临黄浦江，北沿周家嘴路、高阳路、唐山路、舟山路、昆明路，放眼是成片的旧城区和石库门，老式的住宅，小洋房，以及建成于 20 世纪五六十年代的老式公房。想寻找景观的话，有下海庙、摩西会堂、霍山公园，虽然商业氛围不太浓厚，但借着"犹太人避难历史"的光，近年来观光人气还是比较旺的。

问题是，40 年前的人们，只注意它的"闹猛"，就算是"文革"后期，提篮桥还是繁华的，1898 年设于汇山码头东的协兴粥店，20 世纪初分设下海庙两侧的任和兴草药和元昌饼号，都是开设较早、存在较久的商号，到了 20 世纪 70 年代，这些商家虽然已被其他商店取代，但繁荣仍在，1929 年创设的东海电影院、1930 年创设的百老汇（后名东山）、1936 年开设的威星（后名大名）等影剧院和其他"文化教育"场所宣传"样板戏"的声势仍很盛大。我们去大名电影院看了一系列的新闻纪录片，出来就听到街上的高音喇叭响了。哀乐之后，宣告毛泽东主席逝世。

那似乎是下午 5 点左右，大名电影院对面有一家冷面冷馄饨店，紧挨着的是一家冷饮店。我和张锡康倚着冷饮店的门框吃刨冰,绿豆刨冰,1毛5分一杯,浅红的半透明的塑料杯。

1976年的中国哀乐比较多,事实上那天哀乐响起的时候,我们,包括满大街的人都没有想到会是他老人家,应该说是毫无心理准备的,因此,当那熟悉的名字从深沉的男中音里播报出来的时候,所有的人都放下了手头的事,如同庞贝古城出土的泥人,凝固着一个姿势,有的默默流泪,有的圆睁双眼,有的眉毛高耸,有的口洞大开,有的嘴唇不停地哆嗦……

"哇……"!突然,附近传来第一声撕心裂肺的恸哭,那是冷面店的胖大嫂,她的恸哭几乎引发了整条大街的悲恸,眼镜店、五金店、日杂店、百货店、文具店、绸布店、水果店、食品店……所有店里的顾客和营业员都跑了出来,在大街上发呆或者恸哭。我一直有一个很致命的毛病,就是自控力差,中学里有个雨天,有人在教室里抛篮球,班主任进来厉声责问,大家都如泥雕木塑一般闭嘴噤声,只有我一看大家的表情居然觉得好笑,便"扑哧"一声地笑了,那老师立刻奔我而来,严词斥责,我则反唇相讥,从此结为冤家。问题是类似的教训我并没有吸取,严格地说是那"病"并没有得到治疗,所以那天大家正在恸哭,我和张锡康也在恸哭,突然(没办法,事情的转折总因"突然"而起),我鼻腔奇痒,不容掩鼻已经一个大喷嚏直接喷在我前面的一中年秃男的后颈上,声音响到所有人都停止了哭泣,扶着自行车的秃男"嚯"地回过头来,一脸怒容。我赶紧向他赔笑道歉,那"笑"其实只是一个刚开始翕动就马上被强制性扑杀的面肌小痉挛,我尽管有"不自主笑"的毛病,但那天毕竟意识到现场的非同小可的肃穆,所以除了那个秃头的"肇事者",并没有人察觉我的异样，然而那一瞬间注定是我的一劫——

只见秃头男"嚯"地转身一把抓住我，厉声问：你还笑?!

"我、我没什么呀……"我当年刚20岁，很嫩很弱，吓得浑身簌簌抖。

秃头男见我好欺，"碴"的一声把自行车的撑脚竖了起来——我记得很清楚，那是一辆加重型的可以驮重物的黑色自行车——然后拨开众人，一把攥住我的苍白纤弱的手，大声吼叫："大家来看，这个小反革命！毛主席老人家刚刚去世，他就偷偷地笑！大家说，这，是什么性质?!"

我吓得上颚发干，舌根发咸，小便都快出来了，一个劲地往后缩，连连说，没有呀！没有呀！

张锡康这时勇敢地站了出来，他现在还住在普陀区的曹杨八村，一个崇尚豪侠正义的工人新村，他还比我小一岁，他反问那个始终在喊叫、在煽动的秃头"屁男"："你说你站在他前面，那你怎么能发现他在笑?！难道你脑袋后面长眼睛吗?!"

冷面店的胖嫂一直在我边上哭，这时也说话了：这孩子一直在我旁边，他就一个喷嚏，没看见他笑啊，侬自家眼睛"打八折"了吧?

但是，那个时代的群众乐于见到"敌人"被揪出来，乐于有人倒霉，更乐于表现自己的忠诚，便不顾是非曲直，干脆把我和张锡康一起扭送到大名电影院的治安办公室，刚站好，就被人一个推搡推得趔趔趄趄。我定睛一看，一个穿着"安全生产"工作衣的黑大汉，心里更毛了，他也不问来由，当时的逻辑是：凡是革命群众送来的人，一定是坏人。但看看我们如此青涩，又不免有点疑惑，便试探性地又打了张锡康一拳,见我们"不算嚣张",便静下来训话,今天是什么日子啊?! 你们也敢闹事?! 啊?!

见我们不语,就问那个秃头"屁男",怎么回事? 那屁男一直在喋喋不休地编派我们,见问马上来了精神,除了绘声绘色地叙述现场,竟然还非常夸张地模仿起我的"偷笑"来,当即被在场的所有人喝止:防扩散! 今天这个日子,你是不是乘机发泄不满?!

秃头屁男张口结舌,没想到自己的着力"一仿"也会惹祸,愤怒的群众当即把他也列入"对领袖不敬"的反动嫌疑,我们开始在群众的抽打下,面对领袖像低头认罪,治安办公室的人则走到一边讨论。

讨论的结果,是把我们仨移送提篮桥派出所。虹口历史上曾是"美租界",后来与"英租界"合并,称为"公共租界",商业不比南京路、淮海路,但欧美住宅之气势与规模是一点也不输给静安区、卢湾区的。"提篮桥派出所"那地方七转八弯地我这几年又去探访过,已经找不到了,据说已搬过几次,反正当时的外貌有点像老式的联体别墅,外墙面的清水青砖与清水红砖相间镶嵌,很好看,走进去却是一惊:满屋子向领袖像"低头认罪"的人,有当天寻衅斗殴者,有当天偷牛奶瓶的,有当天逆转"小火表"偷电的,有当天防空洞里"轧姘头"的,有当天 13 路电车"冒充月票"的,更有一个老太,菜场里多捞了一把鸡毛菜也被揪了进来,说她借机泄愤……一个白净脸的中年民警踱了过来,慢悠悠地对我说:你的问题特别严重。毛主席说过,人民大众开心之日,就是反革命分子难受之时。那么反一反,人民大众痛苦之日,就是反革命分子开心之时啰! 说,今天这个日子,你为什么要笑?!

提篮桥下海庙

我虽然恐惧，然而心里清楚，如此莫须有的大罪，怎么能承认呢。无论如何不能承认！秃头屁男之所以把我抛出来，除了泄愤就是一种整人的爱好，后来的发展证明，我只有坚不承认，才可以没事，他当然更没事，因为那个时代的特征就是诬告无罪。

天色已黑。我们饿极而没饭吃。白净脸开始盘查我们的身份。那时没有身份证，我们也没带工作证，问我们住什么地方，打死也不开口，我那时刚结束在"上海传动机械厂"三年的"无去向代训"而分配到安徽宁国胜利水泥厂，一旦承认势必叫"水泥厂"来带人，我这辈子也就完了。张锡康彼时是"上海船厂"的消防队，他若招出自己的单位，也完了。双方就这么死劲耗着。大概考虑到"屁男"的指证毕竟是"孤证"，他们倒没有对我们用刑，而是派出 2 个民警去冷面店找那个胖嫂。

那"害人不利己"的秃头屁男没想到会和我们一起被拘禁，两只肿泡眼不时地毒毒地乜我们，他已招认是"上海搪瓷七厂"的工人，在什么鸟不拉屎的秣陵路，此刻没法知道他在想什么，是怨自己不该模仿"一笑"，还是怨恨我们不该"抗拒到底"？

那一晚派出所凌晨 1 点以后开始逐渐放人，一群乱哄哄的肇事者一个个地被叫到隔壁狠狠训话，要他们从此老老实实，不许乱说乱动，等到发落完毕，已快凌晨 3 点了，去冷面店调查的民警因为胖嫂早已下班而历尽曲折地摸到了她的家，现在也回来了，迅速向白净脸咬耳朵汇报，根据他们的表情，我们可以断定胖嫂为我说了话，于是凌晨 5 点许 3 个人都被释放了。

我们是最后被释放的。出门后，一拐弯，张锡康觑机一个重拳就击倒了秃头屄男，我俩上去就是一顿痛殴，然后发足狂奔，一步跳上 13 路电车的头班车，跑了。

那"上海搪瓷七厂"，我后来还去找过，真坐落在秣陵路上，靠近火车东站的一条普通马路，现在当然影子都没了。

# 和平公园:"绿色的鱼钩"

说起它的历史,原是一片自然乡村,共有居民100余户,多以种菜为生。"八·一三"事变爆发,此地遭到日军炮火袭击,屋毁人逃。

大名鼎鼎的和平公园,老上海人都叫它"子弹仓库",它位于上海市虹口区中部偏东,大连路与控江路的交叉口。公园占地264亩,其中水面积为50亩。中心城区,有如此大的水面积,是很难得的。

这家大花园,说好"以传统园林风格为特色"的,园内有百花园、花果山、湖心亭等景点,但后来的扩建,造了诸多的动物馆、水族馆、展览馆等建筑及多种活动设施,我对它的感觉就不太好了,似乎失之芜杂,要知道,凡事"都是重点,就没有重点了"。

不过特色还是有的,它是上海中心城区唯一一家有动物的综合类公园,公园的动物展览区有狮、虎、熊、豹,"鸟语林"等各类动物60多种。与众不同的是,2007年公园决定将环湖中的鸟岛设计改造成生态动物岛,原先分散圈养的非洲狮、东北虎、棕熊、金钱豹、猴子、白颊长臂猿、梅花鹿以及鸟类等迁居岛上散养,整个生态动物岛占地面积约10亩,四面环水,岛的西侧建有一座唯一进入生态动物岛的桥,游客可从此进入岛内观看动物。

说起它的历史,原是一片自然乡村,共有居民 100 余户,多以种菜为生。"八一三"事变爆发,此地遭到日军炮火袭击,屋毁人逃。

民国二十七年(1938 年),当地被日军圈作军事用地,日军在此构筑 6 座钢筋混凝土防空洞作弹药库,并在周围挖土构筑工事,以致形成池沼洼地 23 处,日久新港浜臭水横溢,杂草丛生。上世纪 50 年代中期,经批准,榆林区、提篮桥区联合在此治理臭水浜,建造公园,在原弹药库仓库上堆土建成大小高低起伏的丘陵,将原有河道洼地改造为以聚为主、以分为辅的曲折水面并使之贯通全园,并在园中心河面设九曲桥、六角湖心亭,组成主次分明的湖景,故和长风公园一样,和平公园的水景相当迷人。

我的大伯胡元发原是"四野"总部的地形参谋,累官至副军级而离休回沪,长期住在虹口区水电路上的"海军干休所",他就喜欢徜徉在和平公园这一带,说年轻时曾在附近的机器厂当学徒,现在年纪大了,童心还在,最主要的是好胜心还在,常常参与地方上的"垂钓比赛"。那一年我去看他,他身体还健壮,儿子在读一篇经典的红色散文《金色的鱼钩》,说的是长征路上,红军战士钓鱼为炊的故事,他听了笑笑,说,鱼钩那时很珍贵,我现在不用鱼钩就能钓鱼,最常去的地方就是和平公园,不信你们可以去打听。

我们当然相信他的话,不过也觉得蹊跷,不用鱼钩钓鱼,如同不用缰绳控马,说不通啊!

大伯那时的腿脚已经不便,见我们疑惑,就指指墙上的一捆竹签干草,说,知道上面一串东西派什么用场吗?那是"卡子",他说,就是传说中姜太公钓鱼的"直钩"呀!

我们四野当年入关南下，横扫华北大平原和豫、赣、湘、鄂、粤、桂等省，战斗的间歇，常用它钓鱼，极大地改善了伙食。"要感谢总部的一位老红军，"他说，那老红军原是四方面军的，多次走过草地，就用这个办法钓鱼，放排钩，一放就是几十个、上百个，让整个连都活了下来！

大伯的话让我们更困惑了，也让大伯更得意了，他取下墙上的东西，原来是用铅丝串在一起的一段一段的小竹枝，还有经过制作的芦苇套，让干休所小车班的车子把我们集体拉到了和平公园的"天鹅湖"。

好胜的老爷子要当场露一手，所谓的"钓鱼卡子"，就是用青青细竹枝削成的小签子，两头尖尖，一面带青皮，大小长度约为火柴棒的三分之二左右，把细竹签对弯过来，弯成一个"U"字型，然后将事先制作的芦苇小段套在"U"字型的上头，在 U 字型鱼钩的底部绑上鱼线。将红薯等饵料放在芦苇头子上，这样当鱼儿吃饵料的时候，会将芦苇套子带下，刹时被弯成 U 字型的直钩会以迅雷不及掩耳之势弹回原状，这样就能死死卡住鱼儿的嘴巴了。

全部的奥妙，就是利用竹签的弹性和韧性，但是，就像弓要配弦和箭才有效能，竹签直钩也得有搭档。它的主要搭档是芦苇套。顾名思义，芦苇套是取材于芦苇的。选择那些粗细和圆珠笔芯差不多的初长成的芦竿，割回家，剥掉叶子，或用烟熏火燎，或用沸水烫，然后扎成把，挂墙上阴干，即可备用了。经过这些工序的芦苇套已是有些皱巴巴的浅绿或淡金色的了。它有一个特性：干的时候很有韧性，一旦泡湿了却是一碰就破裂。大伯要用时，把它们剪成半粒米长的小段，套上"U"字型直钩的尖端即可。

我们都看傻了，大伯一口气放了十个直钩下去，它们立即都漂浮在水面上，一条白鲢几乎立马上钩，它一口吞下了红薯饵料，只听"噗"一声，竹签弹开，撑足了它的嘴巴……

我们一阵欢呼，大伯随即宣布，经过他多年的思考，确认姜太公就是用这样的竹签直钩钓鱼的，因为铁器是春秋晚期才发明使用的，姜太公是商末周初之人，既不可能用钢铁做鱼钩，也不会奢侈到用青铜做鱼钩，最大的可能就是"竹签直钩"，《诗经》记载，那时候的黄河流域气候潮湿温暖，各种竹子一直长到了八百里秦川呢！

大伯胡元发后来八十五岁去世的。传奇往往就在我们身边而没察觉，我这辈子的最大遗憾，就是没有为他写一本回忆录。

# 国际饭店那顿饭

小时候常常路过国际饭店,但没敢想象有朝一日可以进去,直到1976年的一天,我师父沈新堂对我说,你要去深山沟了,送送你,我们上国际饭店!

即令一个对上海最不以为然的人,都不会无视国际饭店的存在。

不知是不是父辈的浸润,上海人已习惯把"国际饭店"情结如同基因一样传给自己的下一代,如果问你住哪里,你只要回答"黄河路"或"新昌路",就马上有人叫一声:"哦,国际饭店!"

就我而言,最早看到国际饭店的情景已经记不清了,大概四五岁吧,只记得靠近黄河路转角的风,很大,而且旋转,转起很多树叶与五颜六色的糖纸头。

因为听说"仰观落帽",故而也试过,发现那得看角度,在底下笔直地看它,帽子当然要掉下来——仰天唾面的原理嘛,如此看任何大楼都会掉帽子的——远看,则不禁为它的巍峨伟岸而暗暗喝彩,紫巍巍的,通体棕红色,从三分之二以上的高度开始,大厦渐渐收窄,俨然一座高高山峰的节奏。

关于国际饭店,一个老上海人对它的典型记忆应该是:南面,万紫千红的人民公园;东面紧邻1928年落成的西侨青年会大楼

（现为上海体育大厦）；西面，隔条黄河路就是上海工艺美术商店与长江剧场；北面直接就是凤阳路。

小时候常常路过国际饭店，但没敢想象有朝一日可以进去，直到1976年的一天，我师父沈新堂对我说，你要去外地了，送送你，我们上国际饭店！

我着实吓了一跳。

真去啊！

我那时处境不妙。在上海传动机械厂艺徒培训3年后，必须去外地山区。

师父沈新堂和我同乡，一口浓重的绍兴话，高高的个子，脸颊白白的，眼睛又大又亮。他教我操纵一种齿轮加工机床——滚齿机，对我非常关爱。那时他不过四十来岁，车、钳、刨、铣样样拿得起来，尤以铣床加工技艺之精湛，享誉轻机公司，带着我，他很得意，也很尽心，但我让他很失望，因为我的兴趣在文学，不在机械加工，常常神情恍惚，前学后忘。尽管如此，他还是对我很好，总是手把手地、重复地教我，哪怕我不上心、前教后忘，他从不生气，反复强调，吃饭本事要掌握，写文章只能是业余的。潜意识里，他把我当自己的孩子，故而知道我将离沪，居然要在上海最高级的饭店为我饯行。

他有一个师弟当年因为"表现进步"被调到国际饭店担任机械修理师，于是那天他很自豪地带领我们参观国际饭店。

国际饭店的名人掌故可谓车载斗量，即使是"文革"后期，"造反派"也并不掩饰对它的敬畏。师叔对它的介绍非常详尽，我只用小本本记了个大概。

首先,国际饭店的设计师就是铜仁路"绿房子"、大光明电影院、百乐门舞厅、沐恩堂的设计师邬达克,1964 年以前,它保持了远东最高建筑纪录 30 年(后保持中国最高建筑纪录 50 年)。1934 年国际饭店开张之际,媒体报道,其内设客房、餐厅、酒吧、舞厅、会客厅、球房、理发室和卖品部都臻欧洲一流标准,门厅内还有三部时速达每分钟 600 英尺的自动电梯,当年除了纽约有如此高速的电梯外,国际饭店就是世界上第二家拥有这样先进、现代、新型电梯的大饭店了。

1950 年,上海市测绘部门确立了国际饭店上海"原点坐标"的位置,现在的上海市地理坐标原点就坐落在国际饭店大堂。

那天的午宴师叔安排在饭店内京帮特色的"丰泽楼",共席者师父、师叔、师姐、师兄,连我 5 人,小本本的记录是:糟溜鱼片、脆皮鲜贝、生煎牛柳、清炒虾仁、四生火锅、酸辣汤、银丝卷。总价 12 元。

那时食堂里的红烧肉才 0.13 元一盆,虾皮冬瓜汤是 2 分一碗,而淮海路顶级的熏火腿、红肠面包等,都不会超过 1 块钱,冰淇淋咖啡只有 5 毛钱。

师叔介绍,国际饭店的糟溜鱼片之所以入味,除了鱼片选用青鱼或黑鱼外,还因为事先糟过,又用盐腌过,便特别地鲜嫩滑爽。银丝卷则像君子,隐隐地咸鲜弹牙;而四生火锅则是经改良的浙味冬令名馔,选用鸡脯肉片、鸡肫片、猪腰片、河虾仁四种生料,与豌豆苗、大白菜、油条、米粉丝一起用火锅现涮现吃,菜热汤滚,滋味鲜美,荤素兼备,一菜已足。

国际饭店印象

　　那顿饭吃掉了师父 12 元,当时是一笔极大的开销。我心里很过意不去,但师父意犹未尽,饭后还去二楼喝咖啡。两人相约,一个月,务必通一封信,在我,汇报思想;在他,敲敲木鱼。师徒俩喝到黄昏又品尝国际饭店独有的"蝴蝶酥"。上海做蝴蝶酥的店家无数,但只有国际饭店的蝴蝶酥是蓬松的、起泡的、奶油味十足的。我有感而发,说蝴蝶象征飞翔,他听了又直摇头,说,再象征、再"飞翔",还不是一口被吃掉!他坦陈,三年来一直为我喜欢写作而遗憾,说,写作是非常空洞的东西,与前途无益,与人生无益,还因为太情绪,太容易涉及敏感,早晚闯大祸云云。

　　分手时,我们抱头垂泪。

　　距离那顿饭 40 年后的一个下午,我又来到了国际饭店。它现在已经是"全国重点文物保护单位"了,一个人去著名的"西饼屋"坐坐,颇有"独上西楼"的味道。40 年是多长的人生间距啊!师父早已不在了。此间的"蝴蝶酥"还是那么有名,40 年了,它仍然是蓬松的、起泡的,展翅欲飞的象征。

　　一代又一代的"展翅"。但师父不在了。40 年来,除了他,我不再有过其他师父,而且我现在的年龄也早已过了他当年送我时的年龄。

　　我辜负了他,最终还是走上了他最不希望我走的道路。然而40 年来我不断地确认着一个事实:他不教我写作,不教我叙述,但无论新闻界还是文学界,从没有过对我感情如此投入的人。

　　世间不再有师父。

# 铁公鸡认栽乍浦路

有人请教他的高明,他总是羊白眼翻翻:首先你要戒一个"贪"字,坚决舍弃最后一道菜或者汤,因为你最后脱身的机会就因为它没上桌。

我有一个土豪朋友住曹家渡,外号"铁公鸡"。上海话里有"爱财如命"的意思,所谓"人精",再难的事,他总会说,办法总比困难多。然而天不怕,地不怕,他最忌讳的就是乍浦路。

说起乍浦路,不知道的,不能算上海人。都说 20 世纪 90 年代初,有海外游客乘国际航班飞临上海上空,夜幕中的城市乌黑,却见地面上一条"灯龙"分外显眼,客人问导游"灯龙"是怎么回事,导游答:"这就是我们上海最有名的美食街乍浦路。"客人大喜,下飞机后直奔乍浦路。

乍浦路美食街南濒苏州河,依次北跨海宁路、武进路,并继续向北延伸与四川北路公园接壤。它兴起于 20 世纪 80 年代中期,全盛于 90 年代中期。作为上海最早的美食街(比黄河路早),曾经是当之无愧的上海饮食时尚地标,犹如今天的"新天地"一样。其之所以崛起,是因为洞悉了上海人的想法:花较少的钱而吃到较好的环境氛围,可在大堂吃也可在包房吃,可以吃小吃、家常菜,也可以吃高档菜,丰俭自取而多寡自许,三个字,爱谁爱。

那么,铁公鸡和乍浦路为什么杠上了呢? 这和他极其刁钻刻薄的做人哲学有关。当年,他住我们隔壁弄堂,所谓"三岁看到老",其攥钱的能力很小就很铁。7 岁时和我去菜场买鸡毛菜,各持一枚 5 分硬币,我买了一把,他却在卖剩的菜筐里搜刮了一把,然后在我面前直晃:你看,不是一模一样吗?

他活活赚了 5 分钱。拷花生酱也这样,我一毛钱的花生酱在碗底像柿饼一样大,他在缸沿刮的花生酱粗看不比我少,但又活活赚了一毛钱……

需要说明的是他那种卓越的冷静,捡菜时的那份从容,如果遇人呵斥,他头也不抬:"红领巾小白兔!"刮花生酱时,有人疑惑,他一边刮一边回答:某号某号的五保户!

铁公鸡就是如此善于捡便宜。及长,好读书、勤实践,于是无论智力还是能力都比我辈高很多,几个经典的故事颇能说明他的超群智慧。

他很早就下海了,但号称"吃遍全国不付钱"。每次走进饭店,必备烟和火柴,点四五个精致的菜及汤。菜上来后,吃菜吃饭不喝酒,往往等最后一道菜的时候,他人没了,桌上放着一包烟、一盒火柴,让人觉得他没走远,但事实上他还会回来吗? 白吃一顿。

也有四个菜差不多同时上来的时候,那就叫服务员把汤去热一下,他同样滑脚溜了。

这就是每餐必备汤的奥妙。除了"吃遍全国不付钱",他还曾"住遍全国不付钱"。80 年代和 90 年代,各地宾馆住宿手续远没有现在的电子化。他总挑晚上时间 11 点 30 分以后登记入住,时

乍浦路美食街

值交接班，上一班的，总是习惯地把入住手续推给下一班：我们这班都结了，你先睡下，明儿7点以后叫醒你办手续……

但是他每每早晨6点30分就闪人了。白睡一宿。

有人请教他的高明，他总是羊白眼翻翻：首先你要戒一个"贪"字，坚决舍弃最后一道菜或者汤，因为你最后脱身的机会就因为它没上桌。同样道理，"白睡"的前提是"不贪最后一秒钟"，你最后脱身的机会就是没办手续。"留点遗憾就是善终"，可惜常人根本没能耐做到这一点。为什么呢？因为人性的本能，总是不想有遗憾，舍不得最后一口、最后一觉，人性是最害人的东西，……除了不可抗力，人类所有的失败都源于人性的弱点。我没有人性，也就没有弱点。

不过，人算不如天算，他栽在了乍浦路。

大家知道，乍浦路比较有名的餐饮有"王朝""珠江""金米箩""永祥烧腊""好嬢嬢净素坊""姑苏面店""三江源牛肉面""五云德""湘阳阁"等，他故伎重演，一家一家地笃悠悠地吃过去，都挑最贵的点，连吃了一个礼拜没事。那天吃到了"珠江"，点了烟熏鲳鱼、小盅佛跳墙、柠檬生蚝等正悠悠地吃着，发觉有人多看了他一眼，也没在意，临末了一道汤还没上来，他又扔下香烟、打火机滑脚了，没想到出门刚走几步就被人"后势颈"（后领）一把捉牢：朋友，侬好像还没买单吧?！铁公鸡一个激灵，忙说，侬认错人了吧，我啥辰光来过啊！

铁公鸡知道，遇到这种尴尬，干脆赖，对方是没办法的，这就叫"功夫老到"。一旦承认，说"忘记买单"，便已经输了一着，对方怎么修理你都是你错。

没承想那伙计厉害,仔细看了他一眼,大叫:白吃模子捉牢啦!白吃模子捉牢啦!

轰隆隆出来了一大帮子,乍浦路很窄,伙计一报警,老板店长全出来了。那伙计恨恨地说,就是他!害我丢了"王朝"的饭碗!铁公鸡一想,坏了,一定是那小子被我白吃了,"王朝"除了名,就跳槽跳到了"珠江",可真是冤家路窄。

刹那间,"金米箩""永祥烧腊""好嬢嬢净素坊""姑苏面店"与"五云德"的服务员都认出了他,纷纷要揍他,被"金米箩"老板拦下了,冷冷地问他:侬册那要赔钞票呢还是送老派(派出所)?铁公鸡也很冷静:除了差头费,我身上吭没钞票。

"金米箩"把他浑身一摸,果然没钱,便哼了一声,想得倒好,送老派,不是便宜侬了吗?!格种小事体老派又不会立案;到法院告,更不晓得拖到啥辰光,再弄个律师,三弄两弄说不定啥事都没了。我看老简单额,一顿"生活"!叫伊永远不敢来乍浦路!给我刮(打)啊!

于是拳头与皮鞋像阵头雨一样密集地喂了上去。他醒来已经躺在附近的第一人民医院急诊,谁送来的都不知道。医生说,肋骨断了几根,必须躺半年。

如"金米箩"所预料的,他后来再也不敢去乍浦路,甚至连这三个字都不准提,只有一次,讪讪地对我说,怪我功夫不到家,竟然跌在阴沟里!

# 浴德池内"跳大神"

浴德池的大师傅立马上前求情,大师,求求你,
小伙子不懂事冲撞了您,放他一马吧,千万别
让我们浴德池出事故!

上海的"老克勒",克勒再老也得洗澡,以前热水器没有普及
前,洗澡只能去"混堂",所不同的是,老克勒去混堂总得挑挑拣拣,
不是黄浦区北京西路新闸路口的"大观园",就是八仙桥的西湖浴
室和日新池以及石门二路的卡德池,其中最"克勒"的要数天津路
的浴德池了。它创建于 1917 年,相传由沪上大亨黄楚九投资兴
建,后由善于经营浴室的行家佘春华接手,对浴德池作了一次彻底
换新。每个楼面被分成南北两个堂口,堂内宽敞整洁,有白玉大池
和进口瓷盆;三楼整个层面都设高等房间,房内有配有丝棉枕头的
高级沙发、铜盆、铜痰盂、柚木茶几、精巧台灯、红木方凳,冬有热水
汀,夏有"西门子"吊扇,还装了电话。一直到上世纪 90 年代,浴德
池仍然保持着行业翘楚的地位。

问题是,如果不是因为"大神"谢国劲的出现,我是没有机缘去
浴德池的。老实说,1990 年前后,我等根本没有类似的高消费
意识。

谢国劲原住杨浦区江浦路一带,和我没有任何瓜葛。自从《康

复》杂志上世纪 80 年代末采访报道了"神针赵"后,我的电话就多了,其中有一个电话居然天天打过来,敦请我报道某人神乎其神的医技,后来发觉就是这个"谢国劲",他说,赵天才那点针灸本事不算什么,他的本事才"石破天惊"呢!

被他说得咋呼,我说哪儿见面,他说我请你去"浴德池"——汏浴。我们可以借"涴浴"而慢慢聊。

第二天中午 12 点,谢国劲带着一帮弟子到天津路等我,那正是浴德池开门迎第一批客人的时候。见众人争相入池,谢国劲悠悠地说,"'老举'是不洗'头铺水'的。头铺水虽然很清爽,但太烫,也太生太硬,不柔和不舒服,火气太大,非但不养人,洗过之后身上会有干涩的感觉。"

我听了先佩服了他一遭。那么什么时候的水,最合适呢? 谢国劲说,最好的水温是下午 1 点多,因为这水已有人用过,熟水,水质柔和细腻,既不透明,又不浑浊,也不脏,水温稍稍下降,脚可以慢慢伸进大池,身体可逐渐展开浸泡至水中,当然头一定要露出水面,鼻子要深呼吸,否则会缺氧。

这么聊的时候,进来了一位垂着头、膝下有肿块的小伙子,正在打坐而闭目养神的谢国劲忽然睁开了双眼,那眼睛大而布满血丝,瞪着小伙子说,你过来一趟。见对方有点莫名,谢国劲的弟子们便吆喝:你交好运了,大师免费替你治疗!

1990 年代正是"气功"走红的年代,听说"大师"现身,整个浴室轰动了,都围了上来,谢国劲见状半闭上眼,口中念念有词,然后猛喝一声"疾!"右手食指直指患者膝下,怪了,众目睽睽之下,那

"肿瘤"还真的逐渐缩小、缩小,原先鸽蛋一般大,渐渐地缩到花生米那般大,人群中不由地传出阵阵喝彩。尽管后来有医生告诉我,那是"癔症类囊肿",也就是"心理性肿瘤",在心理暗示下可以缩小,但是毕竟眼见为实,看到它慢慢缩小,我们当然佩服他。

那小伙子自觉肿块明显缩小,便对"大师"跪了下来,大师的弟子们更加狂热鼓掌,浴客们一个个地上来求诊,有的说"落枕",有的说肩周炎,有的脚崴了……谢国劲没有表情,只消手指一捏,或者掌心一拍、一捋,浴客就纷纷都说症状大为改善。但这时人群中有个外地青年站了出来,大声说谢国劲"是现代迷信",谢国劲闻声抬起头来,对他很可怕地笑了一笑——看到过斗牛犬的笑吗,嘴巴咧得很大的那一种——说,那你站好了,我让你见识见识"现代迷信"!

那青年刹那间很紧张,脸都白了。谢国劲继续笑着说,放心,我不碰你。看我空手把你下面两粒蛋蛋扔到窗外去。

小伙子此时已汗出如浆,而谢国劲则虚空出掌,相隔 3 米距离抓了一把:"哇!到天津路找你两粒蛋蛋吧!"

言毕,只听那外地青年痛苦地大叫一声"救命"而当即蹲了下来,双手捂着小腹之下,两眼惊惧万分而额头已经大汗淋漓,顷刻倒地,继而满地打滚……

现场人群惊叫四散,眼见得那人满嘴白沫而渐渐休克,浴德池的大师傅立马上前求情,大师,求求你,小伙子不懂事冲撞了您,放他一马吧,千万别让我们浴德池出事故!

谢国劲却狞笑着不动,见求情的越来越多,便顺手又往窗外虚捋了一把，大喝一声：回去吧！念你年幼无知！以后勿要再"老卵"！

说来真不可思议，那满地打滚的立刻就结束了痛苦，惊喜地捂着"小弟弟"说，我没事了！我没事了！

现场的一切太离奇了，我那时采访经验不足，踌躇着不语，直觉告诉我，这样的稿子是发不出的，不管以"气功"的名义，还是"特异功能"抑或"传统医学祝由十三科"的名义，没有成熟的理论修养，或至少能"自圆其说"的话，稿子即使勉强见报，也后患无穷。

倒是"大师"海派，大概看出了我的心事，豪迈地说，你发稿如果困难，就别发了。我主要是不服气那个什么"神针"赵天才，我要证明我的本领不比他差！你不是亲眼看到了吗？！哼！

正聊着，浴室师傅飞来了四条又干又热的毛巾，让我们擦干身上的水渍。"飞毛巾"可是个绝活，不偏不倚，正好飞到你手上，没有长年累月的积累，一般人很难练成如此功夫。

不过，这飞毛巾有时也是催促暗语，因为这卧榻位置不固定归谁用，它比洗澡人数要少得多，假如你休息占据时间太长，让后来者无处休息，这个时候，师傅会再飞来一条毛巾，意思提醒你可以离开了。识相的，立马穿衣走人；不识相的，拿你也没办法。

我相信那天飞来的毛巾一定饱含着敬畏与飞吻，人们都相信眼见为实，哪怕是一场顶级的魔术。

不过，他从此不再打电话给我。后来有专家告诉我，这个谢国劲主要靠暗示疗法治病，中医称为"祝由"，是在《黄帝内经》成书之前，上古真人治病的方法。祝，就是虔诚祷告，由，就是病由与病源。合起来讲,就是虔诚祷告,查明病人患病的原因、疾病的由来,恭敬地运用祝由之法,通过药、咒、法术、心理暗示等办法,化解病人的疾病。故祝由治病不用药或少用药,而主用祝由师的意念、符咒产生的场来治疗各种疾病,因此祝由科对祝由医师要求很高、很严,有很多戒律必需遵守。这些要求实际上就是现代气功训练的要求。

然而由于鱼龙混杂,换句话说,就是中医中的科学成分与中医中的糟粕部分混杂在一起,假借祝由治病之名而行行骗之实者,不乏其人。久而久之,"祝由"成了"神汉"与巫婆的代名词。

谢国劲的结局后来不怎么好,大概是"非法行医"加诈骗而入狱。我对类似的处罚是不以为然的,觉得不应该以"诈骗"判他,他的暗示疗法本身是很值得研究的。

而我,也就这么去过"浴德池"一次。

# "小洋人"散金黄河路

全中国的黄河路有多少,不知道,只知道上海的黄河路大名鼎鼎,它不长,北起新闸路,南抵南京西路,据说 800 米左右,但是极有来头,其诞生的年头是 1887 年。

这个世界上,名马有血统,岂知名路也是有"血统"的。

全中国的黄河路有多少,不知道,只知道上海的黄河路大名鼎鼎,它不长,北起新闸路,南抵南京西路,据说 800 米左右,但是极有来头,其诞生的年头是 1887 年,已属晚清了,公共租界工部局越界修筑了一条路,将此路取名"东台路"。1899 年,它被整体划入上海公共租界。1904 年,改了一个洋气的名字,派克路。1943 年,汪伪政权接收租界时,最终改名为"黄河路"。

说黄河路是"名路"可一点也没有夸大的意思,20 世纪 80 年代前的上海,人要问"黄河路在哪里?"对方的第一反应,清一色的就是:"哟,国际饭店!"或者是"长江剧场、上海工艺美术品商店……"等一连串;但 90 年代后,人要提起黄河路,对方通常就只有一句话:噢,美食街啊!

继乍浦路开发后,1993 年这里也被开发为美食街,而且因为借了南京路的光,此地似乎底气更足,与云南路美食街、吴江路小吃街、天钥桥路餐饮街、仙霞路休闲美食街一并在民间拥有极佳的口碑。休闲假日,沿着南京西路漫步,一到国际饭店小转弯,密集的餐馆和特色美味便向你直面扑来。

由于职业关系,当年在黄河路的应酬不敢说是常客吧,至少也是频繁的,唯独一次的记忆特别难忘,那就是和"小洋人"——河南著名金匪的那次饭局。

2004年"五一"刚过,头天上班就遇到头皮发麻的事:3个土匪到我所在的文新报业大厦找到了我。

如果按照匪类的细分,相对于"路匪""马匪""海匪",他们就是矿匪,豫陕交界处小秦岭金矿的矿匪——因为是采金的,又叫金匪。

穿得都还整齐,领头的一身白西装,赫然就是当年威镇文峪金矿"大西峪沟"的金霸"小洋人"。

我的确一下子没能认出他来,只觉得面熟,但是当他不声不响地递过一枚油污不堪的木牌牌时,我的浑身血液就冻住了:天哪!这不是"小洋人"吗!那木牌牌就是通行"大西峪沟"的令牌,尽管9年过去了,上面"造反有理"四个字仍然清晰可辨。

9年不见,"小洋人"憔悴多了,头发快没了,长长的脸蜡黄消瘦,鹰钩鼻瘦得都快没肉了,但是一双凸眼依然凶光摄人,穿西装,没带领带,也没有带家伙的迹象。两个跟班一个我认识,"歪嘴子",一个陌生,提着一只"考克"箱。

"老胡",他一开口声音嘶哑得像公鸭一样,我也像做了亏心事一样,心里直发怵。"我快死了,"他指指腹部:"他×的肝里长个瘤子! 郑州开了一刀,又不行了……他也不行了,"他指指"歪嘴子",面瘫,脸歪得不能说话了。

黄河路美食街

"小秦岭怎么样了?"我问。

"……被政府整得厉害,都散了。都是你们记者报的! 不谈了!"他神色黯然,"反正带足了钱,你要是认我,就替我请最好的医生,再迟就没救了。"

他拍了拍"考克箱":"里面的钱去他×的美国治病也够了!"

我马上去找上海最好的医生。"小洋人",我为他找了著名肝癌权威、中山医院院长杨秉辉;"歪嘴子",我为他找来了"中华神针赵天才"。

消息很快来了,"歪嘴子"很幸运,"神针赵"的几针"爆炸针"下去,面瘫造成的歪度就大大扭转了;"小洋人"却不行,杨院长告诉他生命只有 3 个月,开刀也不行,最稳妥的"介入疗法"也没戏。

"小洋人"的内心很强大,从医院里出来,他反而笑嘻嘻地说:"我们饿了,带我们吃饭吧,听说黄河路火红,也让我们去见识见识吧!"我看了一下"小洋人",都什么时候了,还是口福第一。

相对全盛期,2004 年的黄河路已显疲态,饭店仍有八九十家,仍然夜夜火树银花,但已不是当年"天天能赚 10 万"的势头了,这帮河南朋友既然指定了它,那当然没有二话。一路上我心中五味杂陈,9 年前的往事不断闪现。

那是 1995 年的 12 月,我在《劳动报》特稿部供职,为了采访小秦岭金矿被 50 万农民疯狂地掠夺性开采,我进了豫西大山。

一个生人冬天进入伏牛山区,没人接待而想完成采访,基本是不可能的。我通过河南省著名作家张宇,认识了"跶爷",跶爷以前是军人,精通格斗,复员后在小秦岭地区跑运输,山里几十个金矿他都有朋友,通过他,我的采访"投"到"小洋人"门下。

天上下着鹅毛大雪，"小洋人"在他管辖的"大西峪沟"接待了我，当时的他红光满面，穿一件裘皮大氅，正在"威虎厅"的熊皮椅上看两个"马尾子"（干粗活的马仔）相扑。

居然是在审判一个矿上的偷盗案。小秦岭金匪的"法律"就是这样生猛：如果甲控告乙偷了他的钱财（通常为金沙），矿老大主持正义的方法就是要他俩当众对打，"陪审团"一旁观战，大家相信古老的道义，"师直而壮"，对打中，受害方怨气冲天，雪耻心切，往往气场旺盛，表情都大不一样，即使弱小也死战不退；而偷盗的一方则道义亏缺，众目睽睽之下，即使占了上风，也气场羸弱，心虚力怯，终了，老大会根据自己的经验并参考"陪审团"的意见做出裁决，把偷盗者赶出山门，永不叙用。

这样的判法当然免不了"冤假错案"，但据说还基本靠谱，至少比一些法院判得公道。那天的案例是小个子被偷，相扑中小个子虽然被打翻，"小洋人"还是判小个子胜出，大厅里立刻响起一片赞成的跺脚声，大个子被痛打 30 鞭后，赶出山门。"小洋人"得意地说，通奸案、赌博案都这样判的，没有不服的。

审理完毕，"小洋人"吩咐设宴，大大的饭桌，"门前三杯清"以后，从怀里拿出了一块无比油腻的木牌牌递给我："拿去吧，明儿开始，你可以在我的地盘走动。"正是得到了"小洋人"的支持，我后来写出了报告文学《黄金的挽歌》。9 年过去了，没想到我们还会在上海的黄河路见面。感觉像隔了一世。

黄河路的餐厅，当时比较有名的，除了"苔圣园""乾隆美食"，就是"阿毛炖品""来天华""粤品馆"，我比较熟悉"笠笠酒家"，但从

2003 年开始"笠笠酒家"不再经营餐饮,楼下租给韩国料理、饮料店经营,楼上变成了棋牌室。

我们便去了"乾隆美食"。一坐下,"小洋人"就要了一瓶五粮液,然后唰唰唰地点了他们的招牌菜,佛跳墙、清蒸苏眉、秘制炖鹿肉、红烧大排翅⋯⋯

"操!反正快死了,爱吃吃,爱喝喝!"他依然豪情干云,说些江湖上的轶事,谁谁谁,判了;谁谁谁,毙了。忽然——我行文一般不常用"忽然"——他停箸不语,看了我很久很久,摇摇头,打开了"考克箱",一把抓出了很多钱,慢慢地走向了窗口,一附身,大把地撒了出去,一时间黄河路大乱——"有人撒钱咯!""有人撒钱咯!""有人撒钱咯!"刚刚还清净的黄河路突然变成了疯子的海洋,因为"小洋人"持续地撒钱,无数风闻"天上掉钱"的路人从附近的凤阳路、南京路赶来,百元大钞在空中旋转着,飘摇着,"小洋人"开始跺着脚狂笑,"哈哈哈⋯⋯撒钱要撒大上海,撒钱要撒黄河路⋯⋯"直到民警上楼制止他。

他到底疯了没有?我们也说不清,撒了多少钱呢,其随从认为也就五六万,反正他一回宾馆就乱砸东西,又毁坏了不少公物,然后一跺脚就回了大山。

撒钱要撒黄河路⋯⋯!撒钱要撒黄河路⋯⋯!

我们都有理由认为,他只是看似豪气干云,其实绝望无比。到上海来撒钱,满足了他最后的好胜心。

3 个月后,"歪嘴子"来电话,"小洋人"果然死了。小秦岭不再有"小洋人"了。他去世已多年,我还常常想到这个江湖的朋友。

# 文汇报夜班"混路道"

夜班编辑部很闹猛，一到 8 点以后更闹猛，因为是去"混路道"的，我在那里认识了很多文汇人。

说《文汇报》的祖田在圆明园路 149 号应该是没有争议的。

我和《文汇报》的关系是票友关系，所以说话可以自由些。

80 年代的中期，我供职《康复》杂志不久，在我们杂志社兼职任副总编辑的刘文峰是《文汇报》编辑部的夜班编辑，我常要送校样、清样给他，就这样常常进出文汇报社。

我曾经不止一次地仰首细细打量这幢大楼，那时《文汇报》的很多老人还在，他们告诉我，这幢大楼以前叫"哈密大楼"，建于 1927 年，由新马海洋行设计，立面风格为折中主义的三段式立面，整体比例就像那种最知道分寸感的女人身体，和谐、精准、恰当，都说她"细部精美"，尤以入口大门及阳台廊柱之细节精致而著称，以至于你有时会冲动到用手去细细抚摸那些花纹雕塑。刘文峰老师是很以此为荣的，有一次带我参观，详细介绍：整栋建筑为 8 层钢筋混凝土框架结构，1—7 层为钢筋混凝土框架结构，加建的 8 层局部有钢柱，楼梯均为钢筋混凝土楼梯。妙就妙在其没有钢与水泥的冰冷感，而是相反，充满文艺复兴时代的暖香味。

圆明园路很短。头枕苏州河,足抵滇池路,坐在文汇报社办公真是过神仙日脚,海关钟声当、当、当,凭窗远眺就是苏州河黄浦江的波光帆影;稍稍垂目,英国领事馆就在眼皮底下,青砖红瓦,廊柱旖旎,稍远即有英式小楼数幢在浓浓的绿荫中若隐若现,一路之隔就是一片青翠的黄浦公园矣。

149 号哈密大楼的东侧是圆明园路,西侧虎丘路就坐落着后来新建又被拆除的文汇报新大楼,跨过虎丘路就是上海传统的石库门里弄了,大清早的刷马桶声、夏夜的蒲扇打蚊子声,当然也有收音机、录音机里传来的沪剧、京腔、越调与世界名曲,直冲虎丘路文汇大楼。

反正这整个儿的地块,现在被叫做"外滩源"。

《康复》杂志当时在中央商场办公,我常和最要好的同事钱进搭档去文汇,穿过四川中路,拐进一条弄堂,再走一段北京东路就是圆明园路了,很近。

夜班编辑部很闹猛,一到 8 点以后更闹猛,因为是去"混路道"的,我在那里认识了很多文汇人,汪澜、余之、沈天呈、周民康(小滑稽)、石俊生、周嘉俊(老宁波)、罗达成、周玉明、宋丽珍、朱菊坤、杨秋宝、徐建青……

他们中有的人并不是夜班编辑部的,但都喜欢来串串门,有的是我主动去串门认识的。除了徐建青和我年龄相仿,其他人眼里,我当时是"小孩"一个。

《文汇报》当时是马达主政,真所谓精英荟萃、群彦毕集,因为旗帜鲜明地站在思想解放的潮头,在上海率先刊发关于真理标准

哈密大楼

大讨论的文章,最先刊发《伤痕》、"步鑫生现象"等一系列中国新闻史与现代文学史的坐标性作品而声名大噪,更有《文汇月刊》的煌煌大名襄助,那时的声望如日中天,鼎盛时期,发行量达 171 万,其记者在社会上的活动,所受到的尊崇与追捧,也是现在的网红们不能想象的。有一次刘文峰带我去兰州采访,一个电话打进市府,马上有市长柯茂盛的秘书小韩出来迎接,很快就受到柯市长的接见。事先并不认识,也不用招呼,全国各地你只要出示文汇的记者证,那就是各行各业的通行证。还有一次刘老师带我去北京见张爱萍将军,只要你一张《文汇报》记者证递进去,那警卫就放行,介绍信也不用。

在夜班,是可以学到很多东西的。刘老师好酒,尤其好一口绍兴黄酒,喝时一定要加热,不许加话梅,说,如此则黄酒本身的香味才丰满,故常常"小脸喝得通红"来上班。他的外号叫"刘姥姥",浙江青田人,刘伯温的后代,《文汇报》十大才子之一,旧学根底了得,标题功夫了得,为人却非常谦和。知道我是他的"文汇报编外徒弟",很多人便取笑他:"刘姥姥,侬现在除了教会他喝喝酒,还教点啥啦?""老刘老刘,全世界的徒弟都要偷酒的,侬老酒瓶看看牢!""刘姥姥,侬又勿发人家工资额,专门剥削人家小青年的劳动力……"

刘老师听了总是笑笑,并不生气,他喜欢哼着京戏改样,最牛的是时不时地手持毛笔改大样,一手清俊的蝇头小楷常常令马达也击节赞赏。刘老师做标题,常说要向翻译家学习,强调"信、雅、达"三个字,要符合《文汇报》"三名三高"的调性。一起上夜班的周民康老师，当年的段子手，喜欢唱滑稽戏，他的标题功夫也是跟刘老师学的，常常具有骈联美和音韵美，相比之下，如今媒体的标题真是粗制滥造，大白话一样。

《文汇报》报纸办得好，生活福利也好。

报社食堂中、夜班交接时的"菜汤面"那个真叫好吃。猪油飘香，面条弹牙，菜叶碧绿，清汤鲜美，通常必须两个人抬一大盆出来，尚未露面，已经奇香漫溢，满大厅的搪瓷碗便被调羹、筷子敲得一片震天价响。

文汇报新大楼的浴室条件之好也在新闻界有名，我和钱进兄弟常趿着拖鞋搭着毛巾去"揩油"。走廊里的水渍总是很快被拭干，一切都井井有条。后来我去文新大厦上班，一直为没有浴室而困惑：洗了澡，报纸就办不好了吗？

刘文峰老师后来退休不久就去世了，真可惜！

# 菜鸟感恩"夜光杯"

和新民晚报的故事开始于20世纪的80年代，还是先说说当年晚报的临时社址——九江路吧。以前租界的叫法，南京路为"头马路"，南京路以南的第二条路自然就叫"二马路"，它的官名就是九江路。

2016年的岁末，集团的编纂委员会来函，通知我入选"报界人物篇·新民晚报分卷"，意思很明白，我属于"晚报"建制，归入"晚报正高系列"。于是，我很忐忑，这样的"归建"我可有点毛，印到名片上不大好意思。事实上我只是长期在隶属晚报的新民周刊供职，母报的采编可说一天也没有介入过。

和新民晚报的故事开始于20世纪80年代，还是先说说当年晚报的临时社址所在地——九江路吧。

以前租界的叫法，南京路为"头马路"，南京路以南的第二条路自然就叫"二马路"，它的官名就是九江路。

九江路东起外滩，西至南京西路黄河路口，当年银行林立，钱庄遍地，比较著名的有19世纪在此开设的九江路1号阿加刺银行和隔壁的有利银行。到20世纪初叶，美资花旗银行、大通银行，日资三井银行、三菱银行、住友银行，荷资安达银行，德资德华银行纷纷开设在九江路东段，华资的华侨银行和聚兴诚银行也设于此处，因此被称"中国的华尔街"。

谁都没有想到,中国最著名的一张晚报——《新民晚报》也会"龙兴"于此,九江路 41 号的"花溪大楼"就是它 1982 年元旦的复刊之地,当时叫"临时社址"。

1982 年我还在安徽"小三线","外地宁",所以 1981 年新民晚报为复刊而向社会各界的"招新",我自然无缘,以后"进勿了夜报"一直是我心头的隐痛。1985 年我进了中央商场楼上办公的《康复》杂志社,一份大众化的健康类杂志,亲戚朋友不断地有人问我:"为啥勿进夜报?"潜台词似乎就是我不够格咾? 我就装出若无其事的样子回答:我现在不也是记者? 记者不分大小,夜报记者头上就出角啦?!

其实新民晚报记者的头上的确是"出角"的,只不过这个"角"不是自己安上去的,而是社会给它的。

复刊以后,晚报的大红大紫出乎所有人的意料,和"文汇""解放"关注宏大叙事不同,它似乎"无意仕途"、不屑"高攀",把报纸的定位牢牢锁住"寻常百姓家"五个字,很少或几乎不报道权贵轶事或者"达人秘辛",它似乎"胸无大志",成天醉心于老百姓的衣食住行、柴米油盐、婚嫁喜丧、升学就业、生老病死,你市里面的重要会议它不一定上头版,而蕃瓜弄黄梅天"水漫金山"的消息是一定要头版露脸的。没想到"民瘼民生"恰恰是 20 世纪 80 年代上海市政的大热主题,市里领导召集市府办公会议常常开口就是:"昨天晚报登了……"怎么怎么,或"最近晚报连续报道……"怎么怎么,差不多成了信息来源的口头禅。老百姓的街谈巷语呢,也是晚报。

那时的夏天,全市人民还到处在乘风凉,乘凉的话题是什么呢? 又是晚报,刚才晚报怎么说,昨天晚报怎么说……从事新闻30年,我后来再没见过一张报纸可以如此长时期地"火热哒哒滚",而当时的种种新闻发布会更让人胸闷,往往发布会的时间到了,主持人总要信口一句:"哎,夜报记者来了伐?"说着还探头四顾张望,搞得我们这些"非夜报记者"很没感觉。

都说"今日头条"红,事实上当年的晚报不知比它要红多少。

我所在的杂志社没食堂,我常常是晚饭蹭文汇报而午饭蹭晚报,带我蹭午饭的先是曹正文,后是刘克鸿。刘克鸿原本泥水匠,1982年考进了晚报,做编务,见我午饭尴尬就常常招我就食,时间一长干脆暗中替我买了饭菜票。我后来认识的一些晚报人朱国顺、姜丕基、严建平、陈彧、强荧、徐克仁、苏应奎、钱勤发等大都是这个时候在食堂认识的。

从中央商场到九江路41号仅几分钟的路。晚报食堂真不赖,印象深的是红烧狮子头,肉多面粉少,咬开粉红色的。大排也靠谱,属于那种大猪身的大排,带着膘,比外面的大排足足要大三分之一强。

那时的晚报大楼,一边是20路电车终点站,对面是"九江路邮局",向东就是黄浦江,江风很大。社址虽然是"临时"的,但在我眼里真漂亮,钢混结构的建筑,新古典主义风格,立面三段式,两端凸出,中部凹进,两根巨大的爱奥尼克石柱贯通四层,增加了立面的空间感,檐口上方为第五层。建筑并无过多装饰,除巨大的石柱外,其他立面已经初具现代主义的雏形。电梯有点老了,偶尔有点摇晃,但一口气能够乘到 5 楼,对那个时候不大乘电梯的我们来说已经蛮新鲜了。

当然,里面的房间大都已经残破了,小动物太多。刘克鸿喉咙响,常常惊叫"老怂!""老怂!"(老鼠)还有蟑螂,陈或那时负责广告版,抽屉拉开来,不仅是爆满的香烟(其实他不抽烟,客户抵死硬塞,可见那时晚报的广告之"吃香"),还有乱窜的蟑螂。

这幢大楼原是美国花旗银行 20 世纪初买下的房产,后来花旗银行将原建筑拆除,新建了高 5 层的大楼。1941 年太平洋战争爆发,日本进入上海租界后,花旗银行被日军接管。抗战胜利后,花旗银行重返上海。1951 年停业关闭……

后来的《新民晚报》副总编严建平,当时是"夜光杯"编辑,说话敦厚而稳重。副刊部还有一位牛人是曹正文,曹正文也是一个对未名者很热心的人,尽管他只比我大五六岁,但当时已是成名人物,对我的寂寞尤其同情。某次食堂里碰到对我说,你应该靠写作出头。"夜光杯"专栏"十日谈",正好要约一组"可爱的小动物"的随笔系列,你来一篇吧? 我看过你的文章,琼瑶的《昨夜之灯》25 万字,被你在《康复》杂志上 5 000 字缩写成功,而且很精彩,你大概不会知道,我逢人就夸你呢,你的文字其实已经很成熟了。

被他一鼓励,我便写了第一篇随笔《快乐的逗号》(附后),文章一发表就一炮打响,我太太的领导一上班就对她说:我以前说过,你还可以嫁得更好点,现在看来,这句话我要收回,哈哈。

文章后来列入经典教材,也被中国散文学会推荐而收入《名家笔下的灵性文字》(学林出版社)和《精粹短文 100 篇》(上海远东出版社）。

就散文而言，这是我的处女作，考虑到《新民晚报》当年无与伦比的发行量，"夜光杯"影响力之大，不言而喻。

整整 10 年后的 1998 年，我调入了《新民晚报》，那已经是威海路时代了，而我的写作，认真说是从九江路开始的。

## 附：快乐的逗号

新居的窗前已不再有蛙的弹唱，尽管春已浓得酩酊。

母亲在世的时候，故居的小园曾是很热闹的。暮春时分，蔷薇开得灿烂，蜜蜂舞得疯狂，久病寂寞的母亲唯在此时才倚窗微笑。

有一天我引进了一群蝌蚪。墨玉般的一掬生动的逗号。母亲看了又展颜笑了。

我是从孩子们的脚下救下它们的，母亲说救得好，小生命到世上来一趟不容易。

十八条快乐的"逗号"在清洌的水中打滚嬉戏，像一长溜轻逸的烟圈。病榻上的母亲不禁哈哈大笑：任何东西，小的时候都这么天真淘气。

然而第二天早晨，缸里的蝌蚪就只剩下十三条了。"单数可不吉利的。"她忧郁地往缸里投米饭，"伢儿没有娘，作孽。"

翌日，缸内的蝌蚪又消失了两条。家庭中的一位大员认为必须用"天落水"饲养。话是不错的，不过此公照例是动口不动手，还是我们把它们移至小园的枇杷树下。时值豪雨，小蝌蚪又高兴地打起滚来,和一切会打滚的生物相比,蝌蚪真是太出色了。打够了滚,小东西们便争相拖衔,啄食和它们身体差不多大小的饭粒。

它们的身体黑胖而透明,在阳光直射下可清晰地看到它们的鳃和肠。

蓬勃的夏天过得飞快。每天为蝌蚪投食,已成了母亲病中的一大乐趣,她亲昵地称它们"小鬼"。

某天早晨,忽听得母亲在园中大叫:"阿二,快来看,'小鬼'生脚喽!"我飞快地跑去,果然发现有两条小东西的尾根处长出了线头似的后脚,正得意地游弋着。

高兴之下,买来鱼虫犒劳它们,然而水质迅速败坏了,"捷足先登"的蝌蚪全死了。

尚飨。

从此我不再干预。每天回家最大的乐趣就是察看蝌蚪们的后脚长出也无。

后脚终于出齐了。母亲极聪明,虽没学过生物学,却凭观察发觉这时的蝌蚪喜欢半干半湿的环境,于是在缸里放些突出水面的鹅卵石,让萌出后肢的蝌蚪爬上去栖息。随着前肢的相继萌出,这些"小鬼"已能拖着小尾巴爬上卵石,完全脱离水面了,稍有惊动便"哗啦"躲入水里,伶俐极了。

很久很久以前,生命就是这样登陆的。

它们是灰褐色的,查书才知道叫"泽蛙"。

幼蛙的尾巴越来越短,常常试图跳出玻璃缸,母亲的笑声也越来越少。

　　某夜风雨过,它们突然全部消失。母亲打着伞愣了好半天,像是走失了一群孩子。

　　以后每年枇杷黄的时候,总有一群泽蛙在窗下打着清亮的小鼓。

　　不知是不是那群蛙。

# 中央商场之"第一葛朗台"

我愣了好久。中央商场居然出了这样一个能够消灭人性弱点的人物，418 室的门口是不是应该钉一块铜牌以示纪念呢？

中央商场毫无疑问是上海口气最牛的商场。什么样的商场，卑居地方而能用"中央"来命名，洋场万商恐怕也只有唯此为大了。

上海再怎么巨变，中央商场总是箕踞要津，大刺刺地蹲在南京东路、四川中路的交叉口，是不是"屁股决定脑袋"，它的地理位置让它特别有商界之"中央"的感觉呢？

如此说来是有点冤枉它的。20 世纪的 20 年代，这块接近四方形的区域——即东起四川中路、西至江西中路、南自九江路、北到南京东路的"矩形地块"，原属屈臣氏等公司。后来，此地被中央银行收购，算是攀龙附凤吧，也许有了与中央银行的这层关系，沙市一路，过去就叫了"中央路"。那么，环绕"矩形地块"出现的市场，自然也就叫做了中央商场。

不过，别看它"中央"了，所做的生意其实很不"中央"，第二次世界大战结束后，大量的美军剩余物资无处可去，便潮水一样涌向中央商场。据记载，1949 年前，这里每只柜台的租金要五两黄金，美国大兵在上海登陆，善于经营的上海人，用各种方式从他们手里廉价地获取剩余物资，什么克宁奶粉、牛肉罐头、派克金笔、旅行刀具、骆驼牌香烟、蔡司望远镜、飞行夹克、马裤呢大衣、翻毛皮靴、玻璃丝袜等外国货,款式时尚,质地优良,都是当时上海人最最抢手的热门货,价钱却合算得不可思议,我父亲的一件水獭皮美军大衣就是他从中央商场淘来的,我们家整整用了五十年。

据此可见,我和中央商场的宿缘其实早就暗暗结下,对大多数上海人来说,80年代中央商场令人最难忘的场景就是在沙市路抢购既便宜又实惠的"赤膊电池"。爰至1986年,我的命运突然转圜,即从水泥厂直接调入了《康复》杂志做编辑,编辑部的所在地居然就是中央商场。

说起杂志,当时上海的新闻界除了"三报一台"就是《青年报》《劳动报》《青年一代》《大众医学》等,《康复杂志》是新创报刊,通过关系,黄浦区住宅办拨给了两间办公室,中央大楼的加层401—402,楼梯出口左手第一间就是。算起来应该是第五层,但是中央大楼的层计算,是从底层、一层……这么算的,底层与1楼(我们习称2楼)都是德大西菜社,2楼以上大都是居民,80年代初加了两层,杂志社就安在了"第一加层"。这加层事实上面积很大,大圆顶下的一个大圆圈走廊,结构倒有点像现在徐家汇的"港汇大厦",沿走廊都是市井人家,门牌号从我们的401开始一直编到418,住家五花八门,牛头马面的。如果倒数的话,左侧贴隔壁418的户主,单身汉"葛高潮"首先是个诡异的家伙,他是什么职业不清楚,只见每天都有各种小商品进进出出,屋里整天地唧唧喳喳地闲杂人等不断,尽是蓬头垢面的操着各地口音的"外来妹";他的隔壁是一个同性恋裁缝,一看到我就色眯眯的令人汗毛倒竖……

中央商场

我们现在想不通,当时的人要这么多的"赤膊电池"做啥?!几分钱一节,便宜到死也就几分钱,但不管怎么说,葛高潮就是这个大潮中涌现的"赤膊电池大王"。但和他的认识不是因为抢购赤膊电池,而是缘于装修。

诸位大概难以想象,鄙人进《康复》杂志的第一功居然就是装修。那是 1986 年的 6 月,杂志社的房子刚分下来,我和另一位姓胡的青年刚刚报到,领导说,你们装修一下吧,也给杂志社省点钱。

于是我们就像民工一样直接住进了 401 室,电线重排线路,安装插座、灯头、简易水斗和洁具,最重要的是"麻脸搽粉",把墙壁全部糊上墙纸。

施工期间,三顿吃喝都在沙市,沙市的小吃全市有名。睡,就睡在装修现场。但是煤气和自来水都还没通,我们想用水和加热点心就常常请隔壁的葛高潮帮忙,他也时不时地踱过来指点几句,他长着一副黄鼠狼的嘴脸,没有骂他的意思,就是像,特别是那几根稀疏的胡子。

说来也奇怪,照他说的地方去买材料总是便宜,照他说的方法施工也总是又快又容易,不由对他暗暗佩服。但也发现他的毛病,那就是每次来踱踱方步总要顺手牵羊地拿点东西回家,有时候是一桶贴墙纸的胶水,有时候是成捆的电线,拿了还要讪讪地说,你们反正是公家的活嘛,哎……言下之意公家的东西拿点不算什么,后来就发展到什么都拿,大到灯泡小到螺丝。等到我们装修完毕,葛高潮也开始装修,那墙纸居然和我们的一模一样,其他电线胶水螺丝……谁知道有多少是我们的。他就是中央商场直接孵化出来的一只"毒蘑菇",我们就此叫他"葛朗台"。

葛朗台的父亲据他说旧社会就在虬江路摆旧货摊,所以家学渊源,长大了在中央商场鼓捣小商品如鱼得水,可谓上海滩典型的"人精"。你看他小商品做得风生水起,眼光一瞥,发现附近菜场的鸡蛋供应总是紧缺,中心城区走街串巷的"卖蛋女"特别多,上海市民不仅用现金买蛋,也用粮票换蛋,问题是,卖蛋女捂着太多的粮票干什么呢?她们渴望手里的粮票能兑换成各种小商品,以便卖蛋之余,兜售它们。但是卖蛋女哪来的进货渠道呢?葛朗台有。于是从小五金、小百货到廉价服装,"外转内销羊毛衫",他的家里顿时囤积得密密实实,成批的卖蛋女川流不息上门,他廉价地大批收进粮票,然后自有渠道大把地出货,当中的差价赚得盆满钵满。后来才知道,1986 年夏天的黄浦区鸡蛋市场,葛朗台成了卖蛋女总教练。

我那时做新闻初入行,发奋学习,以社为家,改稿子、做标题、划版子常常到深夜。葛朗台喜欢和卖蛋女鬼混,每天晚上都要留个过夜,一到 11 点就去沙市买夜宵,总要拉我过去喝几口啤酒,一喝就醉,醉了就胡扯。

扯的又总是自己的"上海宁的超级精怪"。

所谓"三岁看到老",根据他的说法,他的攒钱能力很小就显现了超级智慧,及长,跟着他参好观察、勤实践,虬江路与中央商场给他提供了一个得天独厚的练摊舞台,于是无论智力还是能力都和周围人的距离越拉越远。与他重逢已是二十年后的事了,去日本的邮轮上,他独自坐在"吃角子老虎机"的旁边,捧着一桶硬币发呆,一瞥眼,彼此都看到了,不约而同地发一声喊。

他对邮轮其实没兴趣,但邮轮上的赌场能让他过过瘾。

"卖蛋女总司令"葛朗台,早已不住"中央商场"了,近几年发得快,座驾不断地换,别墅不断地买,也不见他开公司,做买卖。后来出去喝过几次茶,问他,总笑而不答,今年"五一",突然邀我澳门到一游,说,跟我进一次"鸟笼"(葡京饭店)吧,你就更了解我了。

进得"鸟笼",他也不上桌头,只是长时间逡巡,那时间竟然长达几小时,非常枯燥。突然,他在一"旺桌"坐下,果断地下注,每注10万,连战连捷,一口气赢了8注。正当全桌人为之如痴如狂时,第九注,输了。因为连战连捷,偶尔输个10万没人在意,以为他一定会乘胜搏击,但令所有人大跌眼镜的场景出现了:葛朗台起身就走!

大步流星地往外走。我叫住他:已经连赢8注,谁说下一把你不会赢呢……他理也不理,回到宾馆,劈头就说:发财,就是要"灭绝人性",懂吗?全世界的赌场就是为人性的弱点设计的——输了想翻本,赢了还想赢。而我的哲学是"留点遗憾就是善终",只要一开始输,不管以前赢了多少,我一定走人!一定!

选桌,当然选旺。以今天为例,我赢了80万,输掉10万,说明旺气结束。如果再赌,可能再赢也可能输光。而我走人,则只存在一个"肯定"——肯定赢了70万。我有必要用"肯定"去博弈"否定"吗?

可叹,世人全是傻锅啊!

"那,如果你第一注就输了呢?"我问。"那我更要立即走人!

无论输赢都不在澳门过夜，绝不给人性以机会，也就是绝不给赌场机会。这样，我每周来澳门两次，选必旺桌，等于上班，输了就下班，赢了也下班，积十年之胜，才有今天。一不用注册资金，二用不交税纳税，三没债务无纠纷，四无员工负担，请问，世上有这么惬意的公司吗？"

我愣了好久。中央商场居然出了这样一个能够消灭人性弱点的人物，418 室的门口是不是应该钉一块铜牌以示纪念呢？

# 中央商场之"老军医"

我赶紧去谢周老倌,这个傲慢的"老军医"这次让我进去了,三套间的陈设很简单,它被隔成了四小间,最外面的是接诊的,里面三间都紧闭着门。"老军医"倨傲地问:这回,你们服了吧?!

　　20世纪的50年代,中央商场开始公私合营,陆续成立了五金、日用品、百货、小商品、自行车、电讯、修配等7个部门,成为上海家喻户晓的淘宝场和修配地,我还记得我的第一件皮夹克和第一只"大兴表"就是在这儿买的。

　　我在中央商场工作与生活的时候,已是20世纪80年代,中央商场的周围环境还是非常"有劲"的,站大门口,往东直视就是外滩,可以看到大轮船从水面上慢慢"余"过去。北面偏东是著名的"惠罗公司",正北的对马路是大名鼎鼎的"民族乐器商店",楼下是"德大西菜社",西面是"东海咖啡馆",南面是生煎馒头"大壶春"……从安徽的深山沟里直接跳到南京东路上班,我骨子里是有点踌躇满志的,因为在一本颇有影响力的健康类杂志工作,所有的医院都是我的社会资源,刚开始的几年我几乎手脚不停地为各路朋友介绍名医和专科医生。那时"看病难",最为头痛的是"不孕不育",这种病,看得见,摸不着,医院里,号称"送子观音"的不少,真有实效的不多。

我曾经说过，我们的单位和居民混杂在一起，往东的第四家"415"就是窗朝四川中路的"老军医"周老倌了，其本职工作是某地段医院的外科兼内科医生，下过乡、插过队、当过兵，做过赤脚医生、兽医，也当过卫生兵，五花八门都懂，那时没有"全科"的概念，便叫他"百搭"，因为都曾有过下乡的经历，我们走得比较近。

那天，我正为一个远方的朋友之妻找不到专治不孕的好医生而烦恼，老周塞了过来，倚在门框上讪笑：女人不孕嘛，无非母鸡不生蛋，有什么难?!

顺便说一下，附近卖蛋女的不孕，据说被他治好不少，所以我有点将信将疑地看着他。他倒好，嘴一撇，发飙说，信不信由你。说了就走人。

说实话，不孕不育的原因真的很复杂，根据世界卫生组织的统计，婚后一年以上未采取任何避孕措施而未孕的占 10%～15%，其中一部分男性可能具有严重的生精障碍或有遗传疾病不能生育下一代，发病率都有逐年上升趋势。一般而言，不孕因素女方要占 2/3，男方要占 1/3。引起女性不孕不育的原因大致有八：一、器官因素：比如无孔处女膜、阴道横隔、先天性无阴道等畸形。二、子宫颈因素：若患慢性子宫颈炎或雌激素水平低落时，可以使宫颈黏液含有大量的白细胞或是质地黏稠而影响受孕。三、子宫因素：一些子宫疾患，如子宫内膜异位症、子宫腺肌症、子宫肌瘤、子宫内粘连（包括宫腔粘连以及宫颈管粘连、狭窄）、盆腔炎导致的子宫感染等，可导致不孕。四、输卵管因素：输卵管阻塞一向是女性不育的主要原因(占不孕病因的 40％以上)。五、卵巢因素：先天性无卵巢、幼稚卵巢、多囊卵巢或是卵巢功能早衰、卵巢炎、黄体功能不全等，均可以影响卵巢排卵而不育。女方体质虚弱，也可能使卵子不能正常发育成熟。六、免疫因素：有少数夫妇，经检查双方都未发现明显的不育原因，而是由不育妇女血清中的抗精子抗体引起的不育。七、垂体受损、受压或者病变，或其他原因导致内分泌紊乱。八、男方精子质量低劣或者数量不足，比如无精症。

你老周不过一个"老军医"，口气未免太大。但是，卖蛋女也的确被他治好不少啊?! 只看到她们鬼鬼祟祟地往"415"房间钻，愁眉苦脸进去，红光满面出来，开心得很，我们多少是困惑的："老军医"固然太鬼，上门看病都得先向他的侄子预约，然后由他侄子把门，没有预约的不能进，如我这样还算和他比较要好的，也不让进。但不管怎么说，这卖蛋女的肚子一个个的鼓了起来，总是硬道理吧?

那时节，我们正巧报道了一个没有行医执照的"中华神针赵天才"，震动全国，百废待兴的时代，没有学历、没有文凭、没有执照而能创造出奇迹的，比比皆是，于是一个个充满希望的卖蛋女的红脸蛋让我们也渐渐相信，无论中药还是针灸，周老倌是有本事的。尽管收费高得离谱。

架不住反复地纠缠，我决定让我那位远方的朋友之妻试试。第一次见了周老倌，我就悄悄地向她打听治疗手段，尽管比我大好几岁，她也脸红了，说"保密"! 是周大夫让保密的!

没多久，大概一个月以后，她从远方来电：怀孕了!

中央商场

我赶紧去谢周老倌,这个傲慢的"老军医"这次让我进去了,三套间的陈设很简单,它被隔成了四小间,最外面的是接诊的,里面三间都紧闭着门。"老军医"倨傲地问:这回,你们服了吧?!

我点点头,内心却不知怎的暗暗为他担心,总觉得那环境诡异,进进出出的男女,表情都有点暧昧。"那些都是她们的老公",他指指那些男人说,我要他们配合治疗。

"415"是我们这一层最大的套间,紧靠安全楼梯,位置也最隐蔽,他公开宣示的是,"患者夫妇"总是晚上来。一个说得过去的理由是,周老倌白天要上班。但事实上怎么解释邻居也常常看到"老军医"白天并不上班呢? 患者如果从安全楼梯上来,谁都看不见。

总之他的蹊跷处太多。我们有个编辑老是说他"鬼眨眨"的。果然大约三年以后的1989年秋天,他突然被公安带走了。

那事,其实事先是有预兆的。黄浦区卫生局事先暗查了好些日子,也曾来过我们杂志社,我暗示过他,他却一脸的无所谓,说,上面有人罩着。

整个大楼都很震惊。"415"的房东反复解释说,他不可能事先知道他的房客是干什么的。

通过关系,我询问了相关执法人员。这家伙一脸的痞气,懒懒地说,这也不懂吗?!"老军医"当年兽医出身,他手头的活,给人配种,跟给猪配种,差别很大吗?! 先对家人保密,悄悄来沪,再算准你的排卵期,找一个外来的壮小伙,隔壁房间采精,然后"大号针筒"趁热地打进去……

我听了久久说不出话来。那些表情暧昧的"丈夫"原来都是素未谋面的"壮小伙"⋯⋯而"远方的朋友之妻"显然知道这一切,但对我滴水不漏。

曾经熙熙攘攘的中央商场加层"415"室后来被长期空关,直到我们杂志社搬走时还是阴森森的。

我也从此再没见过"老军医"周老倌。

# 中央商场传奇

中央商场可以没有外滩,但外滩不能没有中央商场。因为,在"淘宝"远远没有出现之前,中央商场就是全上海人民的"淘宝圣地"。

中央商场可以没有外滩,但外滩不能没有中央商场。

"中央商场重新开业"的消息,让无数老上海兴奋起来,自2006年停业以来,很多人的心头像缺失了一块三尖瓣。

中央商场可以没有外滩,但外滩不能没有中央商场。因为,在"淘宝"远远没有出现之前,中央商场就是全上海人民的"淘宝圣地"。

不过,别看它"中央"了,所做的生意非但很不"中央",而且还很"淘宝","二战"结束后,大量的美军剩余物资无处可去,便潮水一样随着美舰登陆涌向中央商场。据记载,1949年前,这里每只柜台的租金要五两黄金,美国大兵在上海登陆,善于经营的上海人,用各种方式从他们手里廉价地获取剩余物资,什么克宁奶粉、牛肉罐头、派克金笔、旅行刀具、骆驼牌香烟、蔡司望远镜、飞行夹克、马裤呢大衣、翻毛皮靴、玻璃丝袜等外国货,款式时尚,质地优良,都是当时上海人最爱"淘"的热门货,价钱却便宜得不可思议,我父亲的一件水獭皮美军大衣就是他从中央商场淘来的,我们家整整用了五十年。1949 年以后此地不但没有衰落，反而更热闹了，要修东西，去中央商场！淘便宜货，去中央商场！逛小吃街，去中央商场！在没有淘宝和喜茶的日子里，中央商场就是上海人的"阿里巴巴"，在物质短缺的时代，谁都知道修个东西要比买个新的便宜，而藏龙卧虎的中央商场，几乎没有老师傅不能修的东西。我印象里最深的是一个叫"黄胖"的，其最拿手的本事就是"移花接木"，平时搜集旧货，备有一个"万国仓库"。1986 年我在中央商场楼上的《康复》杂志供职，朋友带我认识他后，他让我参观他的"万国仓库"，说是"仓库"，其实就是五金部，树在柜台后面一个个的"铁皮棚棚"，不过理得很整齐，打开后是无数的、海量的零件。旧上海过来的日用品制式混乱，世人扔掉的"垃圾""废物"，在这里都是宝贝——先按物类区分，脚踏车的、照相机的、钟表和"无线电"、自来水笔类的，再按不同的制式，有英美制的、旧俄制的、德制的、日制的，还有公制的，同样一个手表的棘轮，不同制式的棘轮根本无法匹配，但在黄胖这里都被标得煞煞清。

中央商场西侧的"沙市"是著名的小吃街，"利群饮食店"的咖喱牛肉汤和生煎馒头是绝配，黄胖的店面就在"利群"的隔壁。我去《康复》上班，几乎天天要去吃生煎馒头牛肉汤，然后找黄胖聊天或者看他接生意。那时，他不过 60 多岁，虚泡黄脸，眼袋很大，老花眼镜，食指被烟熏得蜡黄，带着个徒弟"四眼"。我没看到过他有被难住的事。一次一位客户推来一辆古董自行车，油漆剥落到无法辨识，但黄胖一瞥就知道了：噢，英国兰令！什么事？车主诉苦：链条断了一截，因为制式尺寸不对，跑断腿，配不着。黄胖笑笑,马上叫"四眼"去找美国自行车的旧链条,库里没有,到虬江路找,终于找到了。"美国链条"? 见车主疑惑,黄胖说,不要奇怪,不同国家的零件的确都不同,比如日制、俄制、德制,中国的公制,但英国和美国、澳大利亚、加拿大、印度、爱尔兰例外,美、澳、加等以前属于英联邦,英美同制,他们所有的工业产品可以款式不同,但计量单位都一样,都是"英制",不用怕它们"不是一个国家",这是个窍坎。

又有一次,外地博物馆来了个报修维多利亚时代大钟的,跑遍全国,没有零件,已经绝望。黄胖冷冷地说,不用跑了。如果愿意多花点钱,我来"开模子"! 客户大吃一惊,花钱没问题,公家的,但开模子,就是"开模具"啊! 这已经不是"修配"了——而是制造。"开模具",就是制图—审图—备料—加工—模架加工—模芯加工—模具零件加工—装配……13 道程序,其中光"模芯加工"就要磨、铣、钳、热处理等 10 道工序,直白地说,就是"造"一个已经"绝种"的零件。而黄胖就是设计、制图兼总调度。中央商场不过一个修配业,居然有这人样的人物! 外地博物馆来人,除了钦佩,简直说不出话来。

他哪里知道黄胖乃旧社会"外国铜匠"出身,车、钳、刨、磨,金加工样样拿得起,今"流落"中央商场做五金修配不过是真人不露相罢了。

1986 年我闯了一个"祸"也是他给解围的。那年我借了朋友一个全进口高级录音机,插电时不慎插入工业用交流电插座,把小马达给烧了。瞒着朋友找黄胖,黄胖第一次皱起了眉头:我是搞

"移花接木"的，但同款录音机还没来得及进入"旧货"呢，哪里去找替补配件呢？到日本去买新配件吧，价格昂贵不说，时间也太长……见我绝望，他挠挠头，毅然说，无非线圈烧了，这样吧，我来自己绕！

自己绕线圈?！当时所有人都惊了，但黄胖花了两天两夜，居然把线圈给绕了，行家后来说，绕得比原装的都好！

《康复》杂志后来搬去淮海路，和黄胖的联系就渐渐少了，不知黄胖现在还在世否，若健在，也应该九十二三岁了。

# 一段江湖秘闻

冯老头说,我有一部"疲门春典"——什么叫春典?江湖也与社会各行各业一样有其独特术语,俗称行话或黑话、隐语,主要是方便做交易、做手脚,即使是骗人的勾当也不容易被识破。

我有一本老残笔记本,25 年前在云南南路记录了一段江湖秘闻。岁月荏苒,退休以后偶然翻到它,别是一番感谓在心头。

父亲生前常说,如果没有"大世界游乐场"的崛起,云南南路就啥也不是。

1949 年前,父亲长期做颜料行的"跑街先生",相当于现在的促销经理,故对上海的马路烂熟于胸。据他说,以前这里凋敝得很,自 1917 年大世界游乐场建成和 1926 年共舞台开张后,云南路道路两侧的饮食店摊便迅速增加,到 1949 年已猛增到 70 多家,著名的有小绍兴鸡粥店、金陵酒家、老正兴、真老正兴、富贵春、鸿兴楼牛肉馆、福建面店、刘豫康绍酒店等,白斩鸡、白切羊肉、各式卤味、鸡鸭血汤、牛肉汤、生泡牛百叶等风味小吃,还有各式面点、各式馄饨和馒头以及本帮、淮扬、广帮、京帮、杭帮、川帮、清真、西北等各地风味菜点,早、中、晚、夜宵连轴供应,尤其夜宵更为火爆。其中小绍兴的白斩鸡在旧上海时就非常有名,游客、观众看完戏后，便蜂拥而至吃夜宵，不少著名演员卸装后也常来光顾。但这样的兴旺在公私合营后急剧衰败，到了"文革"，只有几家点心店勉强撑着。我们小时候来拾糖纸头和棒冰棒，倒是摊头比店家多。

一直到改革开放后，云南南路才恢复"美食街"的盛誉，路边的饮食摊点慢慢恢复，记得 1992 年前后，小绍兴鸡粥店、金陵酒家、老正兴的一系列老字号已经非常兴旺了。也正是那一年，我和国医大师裘沛然的关系已经很熟，他把一个特殊的朋友叫"老冼"的介绍给了我。

他说，你既有志于深度调查，就要熟悉社会，了解"江湖"，江湖八门，所谓册门、火门、飘门、风门、惊门、爵门、疲门、要门，其中疲门主要是行医卖药，你现在《康复》杂志，主要跑医药题材，至少要晓得一点内径吧。

冼老头是个瘸子，旧社会的走方郎中，1949 年后进了地段医院继续行医，"文革"后才改了行。裘老说，此人对"疲门"非常熟悉，人才难得。

他住金陵东路，因腿脚不便，便约我在云南南路的"小金陵盐水鸭店"见面。此店淮扬风味浓郁，选优质鸭种为主料的鸭味小吃和鸭宴，生意好到爆，我们点了几个特色菜，除了颇负盛名的"盐水鸭""火腿鸭壳汤"外，记得"韭黄炒鸭脆"印象深刻，那是鸭肠，但口感比"海肠"还脆嫩鲜香。

老冼一落座就说《康复》杂志所做的"江湖游医调查"粗浅、不到位，他要我记录他的谈话，说裘老的面子大，故愿意和盘托出，但是江湖水深，危机四伏，何况他已不在"江湖"，无法罩我，以后入行,行事要小心,再小心。

旧时江湖,册门指的是卖书画,当然不是正经书籍,而是邪秘之书,假字画、假碑帖甚至春宫与"天书"(符箓一类)。火门,指烧丹炼汞。风门一般是看风水。而爵门,则是跑官、卖官的专业户,手眼通天,官场买卖。要门,凡不花成本凭空敛财者,即为要门,分嘴要和手要。乞讨、化缘等属嘴要,诈骗盗窃为手要。惊门者,大抵出言处处让人吃惊,所谓上欺天子,中骗百官,下逮黎民,其职业多为算命、看相、卜卦、测字、星象等,内中人亦正亦邪,江湖八大门中,惊门为第一门。飘门所业,一是卖艺,如戏班子,魔术杂技;二是替人写字作画、写诉状等。而疲门,因为行医,必须下工夫花心血才能走红(古云,医不三世,不服其药),其术肇于扁鹊,盛于华佗,至清代赵学敏所著《串雅》,集历代民间医术于一册,因此疲门不同于另外七门,"高手在疲门",庸医也在疲门。良莠不齐现象严重。

"这是你们调查记者必须知道的江湖入门功夫",冼老头说,我有一部"疲门春典"——什么叫春典?江湖也与社会各行各业一样有其独特术语,俗称行话或黑话、隐语,主要是方便做交易、做手脚,即使是骗人的勾当也不容易被识破。为此,他说了一个亲历的故事。

那是1969年,他参加了一支远赴甘肃庆阳地区的巡回医疗队。一天,乡里来了一个摇铃儿卖药的先生,一群病家一见他宛如神仙下凡似地顶礼膜拜,纷纷要他看病,以至于必须预约才行。

放着上海来的医疗队不看,偏偏膜拜一个走方郎中,队里的医生都很胸闷,只有冼老头见状微微冷笑。

云南南路印象

那郎中也真神了,据说看病根本不用把脉,两只炯炯有神的眼睛向你定睛一看,什么病就知道了,说是能够"透视"。这样的神话一传十,十传百,连医疗队里的医生都信了,因为那些医生出于好奇而混迹于乡亲,亲睹了"病家不用开口,便知病根病源"的奇迹。

医疗队长听了也纳闷,对冼老头说,明天我们指定一个病人,看他咋地。

第二天郎中来了,神态很从容。刚走进院子,人群就有人随意嚷了一句:"果食点是攒儿吊的黏啃"。

语速很慢。但这句话,当地人不懂什么意思,医疗队的人更不懂,还以为是当地人用当地话招呼或聊天,谁都不当回事。

冼老头笑笑,瞥了说话人一眼。

走方郎中在大家的簇拥下,进屋坐下,看了病人一眼,沉吟良久,"果断"地说:嫂子,你常常胸痛、胸闷、喘不过气来⋯⋯

那女病人一吃惊,忙说,真是一个神医! 什么也没说,他一看就明白!

冼老头见状,对着走方郎中朗声念了一遍:"果食点是攒儿吊的黏啃!"

现在轮到郎中大惊失色了,看了冼老头一眼,推开人群就要走,被冼老头大喝一声:哪里走! 另一个最初说这句怪话的人见状也想走,也被人拿住。大家都很吃惊,这不是公社的赤脚医生嘛!

冼老头跳上桌子,对乡亲们说:你们上当了,"果食点是攒儿吊的黏啃"是一句江湖黑话,"果食点"是女人,"攒儿吊的黏啃"就是心痛、胸闷的意思，你们的病，赤脚医生都清楚，他每次用暗语一说，这个郎中当然就明白什么病啦！他们的关系，上海人叫做"连档模子"，北方人叫"托"！

......

1969年到1992年，23年了，冼老头说起往事还非常亢奋，他说，春典里的花样极多，比如病人称"科生"，男为丁，女为柴，姑娘为花，小儿为春，老男人为苍生，老女人为苍柴；治病称班科，治愈称班好科。真病称兴刚科，假病称拖汉；针灸称挑红，开刀称标印；人为的病，称种病，治疗人为的病，称收虎；用药暗使为富不仁者得病而去救治，使对方破大财，叫杀肥猪......

记得当时记不胜记，也只记了部分春典。冼老头那天喝高了，兴头一足要我送他回去，可惜第二天他的家人即来电，凌晨，心肌梗死，老头走了。

# 外滩一夜

忽然想起应该送她回宿舍了,才发现 11 点已过。怎么办呢? 我歉疚地看着她,她说,那就算了,我们今晚就不睡了吧,去外滩走走。

要找出"最上海"的天际线很简单:外白渡桥加上海大厦的剪影即可;而要检测你的上海话是否过关,同样容易——你且用上海话说一个词:外白渡桥。

第一个沪语的"外"字,北方语系的十个就有十个咬不准而读成"啊",很简单,普通话里没有这个华夏古音的读法。

沪语中,唯"外"与"我"最难读。

外白渡桥的读音怪,桥名的来历也怪,且长期争论不休,焦点是,"摆渡"还是"白渡"? 没桥之前有渡口,后来渡口造桥,"摆渡桥"因渡口得名,这是一种说法;没桥之前有渡口,渡口造桥后,行人过桥自此不收费,故曰"白渡",这是第二种说法。

我觉得由"摆渡"而转为"白渡"的可能最大,因为史料证实,最先过桥是收费的,清人《墨余录》对此记载:"(威尔斯桥)……往来者索钱二文,车马轿担,则加数倍,每日可得钱数十缗。"后来工部局又造了木质的"公园桥",因免费过桥,就叫了"白渡桥",至于那个"外"字,我们小时候还以为是"外国人"的意思,现在知道,外白渡桥朝西,以前还有"头摆渡桥"(乍浦路桥),后来"头摆渡桥"的外面居然还有桥,那自然就叫"外白渡桥"(外摆渡桥)。1906 年在原址所造的钢桥,即现在的"外白渡桥"了。

外白渡桥不但是上海,也是中国第一座全钢结构铆接桥梁,离我们家所在的曹家渡康定路很远。父母第一次带我们去玩是什么时候已经记不清了,可能是 1959 年国庆 10 周年吧。依稀记得那一晚的焰火非常非常地瑰丽。彼时外滩无堤无墙,如同现在的西湖一样,塔形的石柱栏杆锁着的黑铁锚链之外就是波光潋滟的江面。大人们常常带我们来"看大轮船",可以毫不夸张地说,那个时候,"去外滩看大轮船"是上海小孩最向往的保留节目。

习惯上,大家都拿外白渡桥作为外滩的起点,习惯上大家也就把外白渡桥当上海滩第一秀场。

日本鬼子占领上海,就以大队骑兵耀武扬威地经过外白渡桥作为攻占标志;1945 年 8 月日本投降,国人在此载歌载舞作为"光复"的标志。

1949 年以后的年年国庆,此地照例是秧歌与锣鼓的秀场,在我们孩子,则是"学雷锋"最佳、最优的演示现场。

大家都知道,红领巾"学雷锋"的方式极多,最能上镜出风头的就是"推车上桥",我们曾常年在曹家渡附近的"三官堂桥"推车,被推之车,有三轮车、黄鱼车,也有"老虎榻车"、马桶车。有一次,一个同学突发奇想,提议星期天去当时学雷锋上海最上镜的桥——外白渡桥助人为乐,立刻获得热烈响应,大队辅导员甚至借来了照相机,要拍下这珍贵的一瞬。

　　届时一群经过筛选的红领巾,穿上白衬衫蓝裤子,乘上了
23 路电车,换乘 20 路电车到达外滩。但是一到外白渡桥就傻了
眼,原来推车学雷锋还得有个"先来后到",外白渡桥在孩子眼里又
陡又高,先我们延平路小学而到的长乐路小学、襄阳路小学……早
已推得满头大汗,我们一到,人多车少了,资源不够分配,大家一阵
哄抢,最后居然撕打起来,鼻血嗒嗒滴。

　　改革开放以后,这里是著名的"情人墙"的起点,也是最具上海
特色的婚纱秀场,吴淞江(苏州河)浩浩荡荡,挟着太湖流域的蛙鸣
稻香,裹着沿途市井的无数故事,在这里和黄浦江撞个正着,但见
魔都雾列,广厦雄峙,水汽氤氲,气象无限,黄浦江上汽笛阵阵,海
关大楼钟鸣声声。人人都以在此留影为荣,唯独我在此有过一段
尴尬的往事,现在保证如实说来。

　　那是 1986 年的夏天,刚过 30 岁的我是那年 5 月 15 日进的
《康复》杂志,在"中央商场"的 4 楼办公,离开外白渡桥只是一箭之
遥。那时我不知道,这本后来在上海影响力很大的杂志,当时只是
几个教委的老同志和报社的老编辑合作开办的"同人"杂志,办公
室是新装修的,一切都是零开始。

　　因为离开外白渡桥近,我公余得暇,常去那儿溜达。桥北西侧
是上海大厦,旧称"百老汇大厦",桥北东侧是大名鼎鼎的"礼查饭
店",当时叫"浦江饭店",饭店对面就是旧俄领事馆、同样大名鼎鼎
的"海鸥饭店"……

　　桥南建筑也不赖,如今的"外滩源"彼时远未启动改造工程,
20 世纪 80 年代的风貌其实和 1949 年以前没什么两样,只是建筑

前面的木牌换了换，无非"友谊饭店""友谊商店"和"上海市政府机关服务中心"什么的，以现在"外滩源 33 号"（原英国驻沪总领事馆）为代表的 5 幢大洋房还神秘地掩映在花木葳蕤中。

桥南右侧便是著名的"黄浦公园"，20 世纪 80 年代已经有了防汛墙。

我常常一个人在这里徘徊，既惆怅怀旧，想象旧时上海人的洋场生活，又暗自欣慰，庆幸自己终于脱离山沟，脱离水泥行业，能够在如此高大上的环境上班。

大概是 8 月中旬的一个黄昏，加班的我在中央商场对面的"民族乐器商店"内邂逅了读"夜校"时认识的一位女同学，为显摆自己在"文化单位"工作，便唐突地力邀她到杂志社看看。

她最初是矜持的，但架不住我再三地邀请甚至是恳求，就答应了"看看"。进得编辑部来，同事们早已下班，只有同事"某"，叵测地盯了我们一眼，走了。

我们万万没想到，"某"并没有回家，而是径直去向某老编辑作了汇报。

同学间久别重逢，我们聊得很杂，聊得投机，干脆请她帮忙校对。那时的《康复》杂志，每期约 3 万 5 千余字，两人分校，我校对半本，必须 1 天内校完。我是下午拿到校样的，原定翌日下午交货，现在有了同学帮忙，大约 10 点半的时候便大部校完。同学住河南路桥堍的单位集体宿舍，11 点关门，我必须在 11 点前送她回去，但正在这个时候，有人推门，却怎么也推不进，逆力相抗，发出巨大的"咔、咔"声。

事后我们才知道,是新装修的塑料地毯因为倒卷而抵住了门框,如同加塞,不把它们撸平了,门是绝对推不开的。

我们在里面房间一开始听不真切,待赶到外门,撸平地毯,老编辑已是一脸的怒容,乃毫不掩饰地呵斥我:这么晚了,你在干什么?!

我那时刚进杂志社,见领导怒发冲冠马上慌慌张张地回答,在加班。领导仍怒曰:加班还要女青年陪同吗?!

奇怪,他并没进门,怎么就能眼光 90°拐弯,知道里屋藏有"女青年"呢? 从他的三角眼里,我瞥见的都是森森寒光,腿肚子不由地阵阵转筋,想进一步解释,却觉得即令浑身是嘴也洗不掉领导眼里那份浓浓的狐疑和立场预设。

女同学这时倒大方地出现了,山青水绿地微微欠了欠身,说,老师好!

没想到领导只是冷冷地乜她一眼,眼皮也不抬地昂首而入,扔下一句话:我看,你根本不适合在新闻单位工作,回水泥厂去吧!

在女同学满脸错愕地注视下,我只觉得"嗡"地一下巨响,现在的话,"整个人都不好了"!

从 4 楼到 1 楼,我忘了怎么下来的,女同学后来告诉我,我的脸,白得像死人,走路像梦游一样,她不知道,我当时最怕的就是被"退回水泥厂"。

我神情恍惚地和她在附近的"沙市夜市"吃了点心,吃什么,全然忘了。

忽然想起应该送她回宿舍了,才发现 11 点已过。怎么办呢? 我歉疚地看着她,她说,那就算了,我们今晚就不睡了吧,去外滩走走。

外白渡桥

此刻的情人墙已开始寂静,夜深了,人渐散,我俩趴在墙上,茫然地看着江面,没有感觉。见我心事重重,她开始劝导我,据此我发现,她是个很阳光、很干净,也很单纯的女孩。她指着我的折扇说,你上面写着"我思故我在",可见"我"才是最重要的,有"我"在,什么未来不能创造呢? 领导对你有误解,就像我们单位的领导对我也会有误解一样,日久见人心嘛,不要急于解释。

"那,他要真叫我回水泥厂呢?!"事实上,我没有告诉她,请朋友来单位观光,我已经是第二次了,上次也是撞在这位老编辑手里,他很生气。

我估计他只是气话。她说,难道我们做了必须惩处的事了吗?办公场所,只要不涉及机密,陌生人进出很正常啊,不许朋友进来,又是哪条党纪国法规定的呢? 最多也就"不宜"罢了,他们以什么名义惩处你呢?

她的一番话顿使我亮堂了,是呀,我们只是在那里校对,工作量明摆在那里的,又没有作奸犯科,慌什么呢?!

我就此对她刮目相看。她后来提议去外白渡桥,我们就坐在那里,坐在桥堍,数着星星,数着过往的车辆。8月的深夜,微凉,凌晨的风,裹挟着海关钟声的宏阔回声,从吴淞江过来,从黄浦江过来,从高高的百老汇大厦过来,两水交汇,双江激荡。我们聊文学,谈历史,聊她过去的故事,聊我过去的故事,不觉东方既白。

我一生都感谢这个外滩之夜。我从没向一个人这么深地谈自己,她后来说,她也从没向一个人这么深地谈自己。

没有通宵达旦的畅谈,男女之间要谈得这么深,也许要几年的时间。

至于编辑部的故事,老编辑还是坚持要我回去烧水泥,但总编辑杨忠华先生毕竟是个忠厚长者,他听了汇报后说,还是要与人为善。办公室不提倡私人会友,老编辑的坚持,是对的,大家可以去下面的"德大咖啡",去旁边的"东海咖啡"嘛,这个事,口头检讨一下,就过了,大家引以为鉴,行了。

我大松一口气,从此去外白渡桥溜达得更频繁了。

我喜欢这座桥。至于那个女孩,当然,就是我现在的婆娘。

# 重游"大世界"

上海人都知道,大世界的"大",还在于它周围商业网点的"众星拱月",里面闹猛,外面也闹猛。

我大概算不上"轧闹猛"的,但"大世界"本轮开张的第二天,亦即4月1日,我还是去"轧"了一次,毕竟是纪念"大世界"开张100周年,而且还有一份个人的记忆。

春寒料峭,队伍还是蛮长的。从宁海东路开始,我就仰头琢磨那"大世界"三个字,名字改了好几回,又是"人民游乐场"又是"上海青年宫",它已几起几落了?1982年重开一次,后来又重开过一次,印象里它跌倒爬起、跌倒爬起不知多少回,很像一位伟大的政治家的遭遇。

学龄前我们家住沪西,去一次大世界就像现在出国一样,家里会郑重宣布:明天白相大世界!然后曹家渡乘23路电车到西藏路下车,走过去遥遥地就看到大世界的尖塔,门票是2角一张,可以"从鸡叫白相到鬼叫"。

大,在上海话中是个多音字。念"打"或者"度"。考校你的上海话是否标准,请用沪语朗读下列词组:大世界、大学生、大理石、大八寺、大饼、大块头、大佬倌、大外公、大肚皮、大小姐、大轮船、大脚娘姨。

这里有 12 个"大","大饼"之前的(含大饼)"大"字,只能念如"打";"大块头"后面的(含大块头)"大"字,只能念如"度"。前面五个,后面七个,只能这么念,没有一点通融的余地,念错一个,比如"大饼"念如"度饼",而"大肚皮"念如"打肚皮",你的上海话就大兴。不用商量。

我这么想着,也和同行者这么议论着,不过半小时就到了售票窗,回头一望,尽是白发皤然者,中青年只占百分之二十,心中就有不妙的预感,进去以后的哈哈镜,倒基本是老物,但同样挤满了白发者。我悄悄问几个中青年,为什么不去感受一下?他们笑笑说,手机里都有变形软件"激萌"(Faceu),你那尊容想怎么变形,就怎么变形;想怎么"哈哈",就怎么"哈哈",更精彩,更雷人,何必去凑热闹呢?

我听了一阵怅惘:"大世界"的独门招牌已遭冷遇,再往后呢?

大舞台在演淮剧,没有乐队,只放伴奏乐,舞台上下显得寂寥,观众也寥寥。走到二楼,走廊里再也不见摊贩零食,也听不到熟悉的吆喝,什么瓜子麻糖五香豆熏青豆炒米花一概没有,被收拾得干干净净。看菜单,演出场馆就两三个,其余都是展示馆。戏剧茶馆应该有"中国民族乐器展演"吧,但到得那里却是门神挡路,说,截止了,过半小时,演出结束才能进去。我说,喂喂喂,大世界的演出一向是开放型的随机进出,这怎么……?

她却说,必须保证演出的完美效果,不能有任何杂音!我说,哎,这里是大世界,不是大剧院、音乐厅。就算如此,你们也应该弄个室外视频,让不能进去的,在走廊里欣赏啊!

她很和气又严肃地对我笑笑:老同志,要讲究演出效果滴!最好向我们领导反映吧。

看着她的一脸严肃,不禁想起当年的"大世界",有近二十个的演出场所,每天有数十个文艺团体,分日、夜两场演出,剧种繁多,几乎囊括了上海的所有剧种,诸如:京剧、越剧、沪剧、甬剧、淮剧、锡剧、滑稽戏、黄梅戏,绍兴大班,宁波滩簧,还有木偶剧、歌舞、电影、杂技……演出场所都是随意进出的,绝对不设卡,各种零食小吃星罗棋布,密密匝匝。相形之下,现在的大世界好比一碗大肠面,因为老板的洁癖,大肠里的肠油全被滗得清清爽爽,嚼在嘴里像嚼一张卡片。

那就看"非遗原生态"吧。大大的房间大致是静态的刺绣和年画以及"裕固族服饰展示"。刺绣叫"无锡精微绣",说实话,真是绝活,绣娘手里的一幅"丝绸之路",一绣就要绣一年,但是否过于高大上了,动辄千儿几万的,大家仰视着都不敢问价钱,那绝活进中南海、白宫都行,是普通市民能问津的么? 凤翔年画倒是很世俗,但最小最便宜的也得 80 元—100 元一幅。我问大家为什么不买,有人说门票才 60 元一张,像这样的复制品,以前的"钟馗"才几毛钱一张。

我解释说,这可是"非遗"的节奏。那人说,老百姓挂家里驱驱邪,谁在乎你"非遗"级别的。

不禁想起 1987 年那会,我去大世界,剪纸的剪个影,酷俏本人,才 5 毛一张。

大世界印象

忽然看到"朵云轩",人气倒蛮足,进去才发现,没人看"水印",也没人瞥一眼书架和《金刚经》,只因有沙发,老头老太们叠胸交股差点没把沙发挤爆,说走了半天总算找到座了。又因为没有传统小吃与点心(仅有的粽子不到 11 点就卖完了),老人们纷纷吐槽,所有小包装的"不实惠"的甜品和"地中海洋美食"——意大利面啊、跳跳糖啊、"每日坚果"啊,都是卖给谁的?还有"姜枣膏"和红酒与各色洋酒,甚至大批七八十元一瓶的低档白酒四川"金泸州",若说是"农展会"又未免规模忒小而品种少得清汤寡水,已经习惯了的雪碧与可乐却影踪全无。

各种"传习"和静态的展览,像极了"群艺馆",但时时出现的高雅艺术却不容你小觑。有叫"关于杭州的记忆"的书法艺术,据说是艺术家长期拍摄的移动曝光的照片,从数万张照片中提取近千个抽象的图像,重新组合,成为离奇的非鸟、非篆、非崖刻、非女书、非蝌蚪文、非甲骨文的书法,笔者读帖多年,不得不惭愧地承认:看不懂。

又有现代艺术品:"龛",利用废弃的快递箱子和贴金箔的漆器石形组成一道墙,说诠释了时代精神。我看了半天,又凝神想了想,还是叹口气。

书法家朱敬一的作品说是颠覆了传统书法,可难道沃兴华还不够"颠覆"吗?到底是谁颠覆了传统,如此学术的问题拿到"大世界"来展示研讨,是否太不"大世界"了?

总而言之,我们虽然不能要求时代复制环境,更不能苛求当下复制历史,"大世界"的内容完全应该推陈出新、"与时俱进",但它应该展示为主,还是互动为主? 是让大家娱乐为主、"发疯"为主,还是受教育为主、被提高为主? 笔者前后采访了十二对夫妻,每一对都在摇头,其吐槽的话,笔者出于厚道也就一一省略了。

上海人都知道,大世界的"大",还在于它周围商业网点的"众星拱月",里面闹猛,外面也闹猛。本老汉没有记错的话,大世界正门的南侧至宁海东路,有无数食品店,南号五味斋(苏锡菜帮)、品芳斋点心店、上海滩著名的布庄——协大祥;对面,即西藏中路西侧,由北向南:西药店、钟表店、马永斋熟食店、沁园春点心店、三和楼京菜馆……而正门的东面一侧至云南路,有参茸店、著名的大戏院——共舞台,云南路与延安路相交的西南角上是叙亚饭店,斜对面即延安路西藏路西北角上,是经营苏式糕点的采芝斋、往北是红光医院……东北角上侧是南翔馒头店,那里的小笼绝对正宗,每笼价钿仅二角八分,叫一客小笼,再来一碗蛋皮汤,绝对享受。转弯角上有一小弄堂,弄堂口有一食摊,专供清真小炒,如葱爆羊肉、爆三样、炒牛肉丝、炒牛筋……价廉而料足,且烹饪地道。

这一切,现在都消失了。故而4月1日的中午,我们都是饿着肚子走出大世界的,四望萧索,乃直奔宁海东路一家很不起眼的"陋室汤包馆",虽然东西整脚,仍然满座满员,一问居然都是大世界出来的游客,小老板满面放光:谢谢大世界开张,这几天我生意好得爆棚!

可真是绿了芭蕉,红了樱桃。挑挑伊了。

# 被婚礼糟蹋的"东风饭店"

你要在外滩找它并不难，大门口有着一个外滩最大的、长方形玻璃大吊顶的，一左一右还各有一个圆圆的窗洞，那就是它——东风饭店。

据说外国人看中国人，觉得一个个都很像，这倒有点像我们看外滩，那万国建筑一栋栋地不也都很像？

必须细看，而且挑剔地看，你才发现没有一栋大楼是相同的。

坐落在外滩2号的东风饭店，右眼斜睨着延安东路，左眼斜睨着广东路口，一副自命不凡的傲态，而事实上，它的确有资本傲骄，28年前，它曾经引爆舆论轰动，美国"肯德基"登陆上海的第一家连锁店，即开在它的2楼，在此之前，1987年11月12日，美国快餐公司肯德基在中国的第一家餐厅在北京前门繁华地带正式开业，上海可谓紧随其后。多少人"开洋荤"就从它开始，自改名"华尔道夫酒店"后，网红的力度又增加了几倍，这可是因为"东风饭店"的知名度太大，而不是相反哦，在东风饭店当红的时候，上海人可真的不知道纽约的"华尔道夫"为何物。

你要在外滩找它并不难，大门口有着一个外滩最大的、长方形玻璃大吊顶的，一左一右还各有一个圆圆的窗洞，那就是它——东风饭店。

　　欧洲的大饭店,但凡越经典、越贵族的,就越有可能悬着这么一个超级大顶,透光透彩而不透雨水,远远望去,华丽而静穆。毫无疑问,它应该是上海饭店业高雅尊贵的象征,然而最近一次的"暴力婚礼"却使我们很闹心。先摊一张菜单吧,你就知道"华尔道夫"的婚礼是顶级的:

　　"兰御绸婚典":江南特色八小碟/香葱大姜炒龙虾/松茸炖鲜海螺/蚝皇煮原只鲜鲍鱼/龙带玉梨香拌蜜方/豉油王清蒸东斑/烧肉汁煎澳洲和牛/双耳百合炒芦笋/瑶柱鸭肉炒饭/冰花桂圆炖官燕/中式美点:合映双辉/时令鲜果拼盘——¥25 888/桌

　　我很久没去这家饭店了,就记得它是我中学毕业前一年的1971年改名为"东风饭店"的,至今大家还是习惯地叫它东风饭店。六层高的饭店,过去是远东闻名的上海总会(Shanghai Club),又叫"英国总会""皇家总会",建于1910年,属于典型的英国古典式建筑,以拥有当时东方最长的酒吧而骄傲一时,它的酒吧柜台达110.7英尺,换算了一下,约34米,常人必须跨34步,才能从这一头,走到那一头。其外墙面装饰带有非常弹眼的巴洛克风格,内部装修精致,木雕细腻,顶上石膏镂花多用花环或花草图案,为典雅的巴洛克式塔顶,据说大楼的室内装潢,当年由供职于马海洋行的日本建筑师设计,基于英国古典风格,但又参照了日本帝国饭店的装修风格,多处装修模仿英国王宫,如弹子房有英国女王伊丽莎白一世时期王宫中装饰的格调。酒吧以橡木护壁,有英王詹姆士一世(1603—1625)时期的特色,所以老上海人都叫它"东洋伦敦"。又称它浑身是古董,大楼所使用的三角形电梯据称已有

480 年的历史，为西门子公司最早期的产品。

那天的婚宴，至今想来仍然不快，简直是糟践了"东风饭店"。

不知是否算"优秀传统"，我们的婚宴以吵闹为荣、以嘈杂为贵，鼓励张牙舞爪，崇尚疯狂节奏，似乎越乱越吉祥，越疯越喜庆。我所看到最暴力的一次，是在西藏中路的"万豪"，有人直接把一支著名的锣鼓团请到了现场，几个老人见状当场离席。

一般说来，喜宴相逢，都是多年未见的亲戚、邻居、老同学、老同事，或者老亲家、老战友，迫不及待地诉诉衷肠，聊聊久别后的故事，但是那天在东风饭店大厅，被雇佣的暴力音乐像蓬头垢面的泼妇一样汹涌而来，它摁着你插话、拌嘴、抢白，弄得我们同桌之间，说话基本靠喊，而且还得瞅准机会，用短句，吐字清晰地狂喊，如同当年高喊的"缴枪不杀"，大家直摇头，邻座有位老先生，恰好是东风饭店的老员工，夹着一块鲜鲍说，格东西要慢慢地嚼，慢慢地品的，现在介吵，没心思细品，吃下去也不长肉！

在他的记忆中，东风饭店"超热闹"的场面有过几次，其中一次就是"肯德基"在"东风"的第一天开张。那是 1989 年，由于事先的宣传力度强劲，好奇的上海市民潮水一般涌来，"人山人海的确有点吃不消，"但还是没有今天这么暴力，老先生说，到东风饭店用餐的人，一般总要收敛点，音乐都是"背景音乐"，蓝调，或者悠扬的经典音乐，"以声音不盖过正常谈话分贝为度"……

刚说到这里，那个蓬头司仪的大嗓门开始直播，话筒的分贝打到爆，排山倒海地压过来。我们这时必须闭嘴，要么也像泼妇们隔着山头唠家常似地，把喉咙拔得跟骂街一样。

　　我觉得直接找司仪质疑，未免太不给面子，便对大厅的主理说，希望他出面，让场面温馨些。主理摇摇头，很遗憾地告诉我，"华尔道夫"如此嘈杂失控的场面还真不多，但是"我们毕竟是服务性行业"，他说，以满足客人的需求为第一，"客户仍然是上帝"，抱歉对此不能从命。

　　那暴力司仪的套路，无非把一本本婚庆鸡汤短程驳过来，拆解，重装，零卖了，倒来倒去就是希望你的婚姻从"执子之手"开局，到"白头偕老"而终，希望你多子多孙，希望你穷得只剩钱，希望你的尊臀越坐位置越高，希望你们的性生活人人艳羡，希望你们的宠物也鸡犬升天……每个环节，总伴随着震耳欲聋的音乐与高分贝的怪叫。你不敢嘀咕大厅内的灯光为什么"鬼火"般地高低明灭，东风饭店的优雅的灯光设施被他们糟蹋着；你也不敢抱怨杂乱的气球和喜庆的泡沫漫天飞舞，糟践着东风饭店弹眼的巴洛克风格藻井，因为"喜事无敌"，于是你必须赶着程序的空档死命吃喝，全场通明之时，你必须饿鬼似地暴饮暴食桌上的一切，什么"瑶柱泰山母草菌烩官燕"，什么"清蒸东星斑"，赶紧！你不知道灯光什么时候歇菜，否则摸黑动筷，又会被笑话"前世唔没吃过呀"。

　　灯光果然熄灭了。黑暗中司仪的话筒雷神一般咆哮，你既无法动筷，又不能谈话，他的愿望正是要强迫你看他的主持。新人开始长时间地拥吻，口水涔涔，啧啧有声，全场立刻报以发疯似地跺脚声、口哨声和吐口水的声音，鼓乐队拼命凑趣，管乐队拼命喇叭。你被吵得快装支架了，谁会真以为他俩是初吻呢？

　　但还没完，这一帕过后，灯光大亮，音乐再度暴起，你又得赶紧

吃,下一轮该是新人双方的父母上场了……行文至此,你还觉得是
身处"华尔道夫"或东风饭店,而不是疯人院吗?那好,游戏并摇奖
开始了,但见司仪一个暗号,鼓乐又大作,台上台下刹那间尘头大
起,男屌丝女屌丝蹭蹭乱窜,鲜花乱坠,绣球斜抛,巧克力横飞,小
朋友咚咚咚乱跑……

说实话,我开始怀念这家饭店历史上最热闹的那天了,那就是
"肯德基"开张第一天。我努力回想着那一天的温馨和有趣。

那天早班下班,我们几个结伴去东风饭店,门口已停满了自行
车,大吊顶上树着巨幅的红色标牌:美国肯德基家乡鸡。

可笑我们根本不懂"肯德基"的规矩,一进门就装"老克勒",大
模大样地对着店员吩咐:"给我来一斤鸡!"也有派头更大的:"给我
来只鸡!"当时上海"荣华鸡"盛行,大家还以为只不过是"荣华鸡"
的美国版而已。

店堂里,有些人不明白附带的白色塑料叉子是怎么用的,最终
还是向营业员讨要筷子;有的像我们一样"阿缺西",不吃生菜不碰
色拉,只是捧着炸鸡块乱啃。更有顾客直接提着锅碗瓢盆来买鸡,
说要带回去和家人分享,这算不算是最早的"外带全家桶"呢?还
有人过于喜欢印着"肯德基"标志的餐巾纸了,一撮一撮地"偷"回
去……

洋相种种,让当时的营业员啼笑皆非,如今回想来却感慨无
限。比之眼下的狂暴婚礼和金钱傲慢,我宁可接受当年的憨厚与
谐趣。

那个年代,西餐对于多数普通市民来说,还很少见,吃一顿"肯

德基"也远不是今日那么随心所欲之事。每逢节日,由父母"破例"带着来享受一番"西式大餐"的孩子们可以兴奋上好几天,而从上海第一家肯德基发展到现在,上海街头早已遍布了肯德基的连锁店。

我们都变了,只有"东风饭店"没变,始终优雅地斜睨着夜色中的黄浦江,往左是广东路口,往右是延安东路……

# 雨廊遗梦

老辈上海人都知道,八仙桥曾经属于法租界,是上海的一个很著名的地方,"大世界"就归入"八仙桥","八仙桥菜场"更是全上海著名的菜场,但最有名的还要数八仙桥春光布店旁边的"金中饮食店"(金陵中路柳林路相交处),那是一家咖啡店。

小时候只要一听谁住在"八仙桥"眼睛就瞪大了:八仙桥!住在那里勿要"太海威"(沪语非常牛的意思)噢!

因为在所有小伙伴的眼里,八仙桥是"捡糖纸头"的圣地。

说起当年的"糖纸头",眼前就是一片比霓虹灯还要纷红骇绿的绚丽,那时因为糖果稀罕,糖纸也就稀罕,一颗糖,要走红,就得被设计得非常漂亮,有童话人物,有传奇人物,还有各种耀眼的花卉和憨厚的动物。不少人会把糖纸用湿温水漂洗干净,先贴在玻璃窗上,干后轻轻揭下来,找一本书夹进去压平,如果有一张罕见的"精品",那就可以在班级或者弄堂里炫耀几天。

糖纸迷。是的。现在的孩子很难想象我们当时会有如此奇葩的爱好,如同现在微信上的种种"群",五六十年代的孩子也分群,我们的糖纸头群男女孩混搭,其作业特点就是"跑路",你想捡到高档的糖纸头就得跑很多路,两眼一路探照灯似地扫过去,提篮桥、曹家渡、静安寺、"中百公司"、八仙桥等地是全上海"糖纸迷"的麦加。

老辈上海人都知道,八仙桥曾经属于法租界,是上海的一个很著名的地方,"大世界"就归入"八仙桥","八仙桥菜场"更是全上海著名的菜场,但最有名的还要数八仙桥春光布店旁边的"金中饮食店"(金陵中路柳林路相交处),那是一家咖啡店,但"文革"时的咖啡店都不敢冠以"咖啡"两字,几乎都叫"饮食店",这家"金中饮食店"便以它香浓醇厚的"小壶咖啡"饮誉"上只角",因此这不是一条街,也不是一条弄堂,而是一块区域,这个区域就是现在西藏南路、淮海路、金陵路、龙门路、延安路围绕起来的商业中心,既不是西区高尚的上只角,也不是杨浦、闸北、普陀的下只角,既麇集了大量的店铺和石库门房子,又集中了很多广式连排房(简易石库门),更有一些新式里弄与联排别墅,因此居住了各阶层的人士,五方杂处,华洋混杂,是一个极具老上海特色的,中产阶级、殷实市民集结的福地。对捡糖纸头的毛孩子来说,"大世界"门口和"皇后大戏院"(现在的和平电影院)周围的糖纸头当然最多最好。这有个规律,凡是"轧朋友"最闹猛的地方,高级糖纸头一定最多,无他,男青年为取悦女青年一定会挑最高级的糖果买。他们边走边吃,精美的糖纸欣赏一会就扔了,我们跟着,一看到五彩的飘飞,就哄抢。

问题是,那些地方也是高危地带,比我们大的孩子常常用暴力驱赶我们,我们只好退而求其次,到金陵路的骑楼下面去寻找。

金陵东路地处八仙桥的核心,也因为当初是法国人造的,又叫"法大马路",它的骑楼群,无论如何都属上海建筑的罕见特色,被誉为"上海滩的南洋风情"。此处万商辐辏,但和上海所有的商业街不同,它的商家,临街都造有整齐的钢筋水泥的长廊,换句话说,商店外就是高敞的雨廊,"人行道"就包裹在雨廊下。酷暑期间,太阳晒不到,漫长的黄梅天和缠绵的秋雨季节,都不用担心淋雨,全上海的情侣,如果想一份雨中漫步的浪漫,那一定是去金陵东路,外面下着雨,里面呢长廊下慢慢地逛,浏览光怪陆离的商品,这种滋味,现在看来,给我们这群孩子的惠泽不说比天高至少比地厚,因为他们逛着,我们跟着,一有糖纸头飘下,我们就接个正着,这是个诀窍。漫长的雨季,我们在雨廊的收获反而丰硕,窃喜之下,常常倚着橱窗打量雨廊,那雨廊高达二层,欧式风格,廊柱上,都装点着巴洛克风格的花冠、花纹,方正敦实,显然和主建筑是一个统一的整体,绝非雨棚似的延伸部分,在那里看豪雨扫过大人们狼奔豕突的柏油马路,心里真是说不出的幸灾乐祸,嘴里哼着:大头大头,下雨不愁,人家有伞,他有大头。

当时不会想到,很多年后,我会从尾随情侣的角色转换为一个蹩脚的情人,和前 N 任女友在雨廊发生过一段故事。

20 世纪 80 年代初那会我还在安徽宁国县的山沟里工作,长期旷工在上海,说是搞文学,其实是逃避,逃避小三线那种令人窒息的环境。我那女友是个只读政治正确小说和《人民文学》《工人创作》——我的意思是她从来不读甚或厌恶翻译小说——的文学青年,我们在总工会的创作班认识,起初没有交往,有一次讲座结束恰逢大雨,便向南一直跑到金陵东路的雨廊避雨,谈得蛮投缘,很快便坠入爱河。但就在我们如胶似漆的当口,她的父母特别是她的父亲

金陵东路骑楼

很正式地把我叫去,要我停止和他女儿的来往。他有点模仿《茶花女》中"亚蒙"父亲的口吻,先夸我感情的真挚和志向的远大,然后向我宣布,他们的女儿要去西欧某国了,希望我不要拖她的后腿。

眼下之意就是,你,没有可能出国,就不要妨碍别人的前途。

如此粗鄙和没有心肝的阻挠,如果遇到的两位青年男女恰恰比较情绪化的话,其效果往往相反。

我那情侣是个高大丰满的女青年,请注意是"高大"而"丰满",我很喜欢的那一类,但恕我直言,文学审美趣味不太高。大概意识到"好花不常开"了,父母的戒严令只能加速度地推动她接受我如鲁迅先生所"教唆"的迅速地、几近疯狂地"读遍她的全身"。

那么,我们的感情应该很好了,沪语所暗示的"老好了"。"私订终身"的中心议题不外是一旦女方去了某国,男方怎么办。

当时看来难度颇大,于是双方都山盟海誓,无非是女的不嫁,男的不娶之类,誓着誓着就誓到了"法大马路",我们最初躲雨的地方。

这条马路害人。那晚一走到这里,不知怎么地所有读过的言情小说的悲催场景和人物不幸,尤其是怨恨老天不公的情绪统统涌上了心头。

我告诉她"法大马路"的来历,她茫然;我和她大侃她所要去的某国历史和伟人,她也茫然,不仅茫然,而且还装出饶有兴趣的模样,似乎她已经和某国之间建立了不能解除、不能相互怠慢的情怀。

我的心情顿时十分地复杂:为什么? 为什么一个对某国文化什么也不了解而且事实上也没有一点兴趣的人必须去某国,而一个通过大量翻译小说与历史书籍已对某国文化颇有概念的人却要在此努力地炒卖爱情的期货？

我记得我那时神差鬼使地说了一句，你对某国一无所知，去某国干什么呢？将来我一旦回上海，你会后悔的！

双方顿时无话。雨廊的穹顶高敞而黝黑，两边的商店都打烊了，她使劲地眨着很长很好看的眼睫，努力着不让愤怒的泪水流下来。

接下来的场景诸位可以想象，我作了盆满钵满的道歉后总算哄得她暂时休战，但是没过几天，大概因为是黄梅天、是雨季，她就约我再到"法大马路"的雨廊，电话里说要"讲讲清爽"，口气仍然愤怒，意思要了断。

我知道没什么好事。我们在这里开始，也将在这里结束。果然一见面，她就背诵似地说：阿拉结束了！我对某国虽然"一无所知"但是照样可以去某国，就像你对女人惊人的"一无所知"也照样可以勾着女人逛马路一样！

话很伤人。这一次，她至少在逻辑上是无敌的，我不由地对她悻悻的背影鞠上一躬。说，好额，阿拉后会有期。

30 年后我偶尔在澳门和西贡发现大量的骑楼建筑，那些"雨廊"，比我们金陵东路的雨廊矮一些，通常只有一楼高，而到了布鲁塞尔、巴黎和维也纳，又看到了和我们金陵东路一模一样的雨廊，但比我们的高一些，有的高达三层。

当然，我不再满地搜索"糖纸头"了，和那位女孩、那一晚的龃龉一样，它们都只是一个曾经绚丽的梦。

# 城隍庙的猪油黑洋酥汤团

现在外婆也去世了，因为浮生浮云，她那传自"黄麻皮"的正宗城隍庙宁波汤团店的手艺也没能在我们手里延续下去。

冬至又快到了。

近年来最奇的事就是莫过于：冬至号召南方人吃饺子。

这明明是北方的习俗，你南下来过日脚也得随个俗嘛！所谓"冬至汤团夏至面"，江南旧俗"汤圆"才是冬至必备的食品，"圆"意味着"团圆""圆满"，冬至吃汤圆又叫"冬至团"。民间有"吃了汤圆大一岁"之说。冬至团可以用来祭祖，也可用于互赠亲朋。旧时上海人最讲究吃汤团。前人有诗云："家家捣米做汤圆，知是明朝冬至天。"

上海过去因为宁波人较多，因此"宁波猪油汤团"一直是沪上诸多点心店的招牌，比如陕西北路、威海路口的美新点心店，是一家开了60年左右的老字号，上海滩鼎鼎有名。汤团是他家的招牌点心，只供应芝麻和鲜肉两种口味，味道几十年不变，糯性十足，肉馅也十分新鲜，咬上一口，汁水四溢，价格也很亲民。

再比如长寿路"大自鸣钟"过去的"西园"与七宝老街汤团店，黑洋酥汤团、鲜肉汤团的个头都很大，一个就能吃半天，不妨买些不同口味的汤团回家煮,好味道要与家人一起分享。

相形之下,名气更响的是原南市区豫园商城的招牌点心,宁波汤团店。它位于城隍庙内,毗邻知名酒家绿波廊和松运楼,与湖心亭、九曲桥、东方明珠相映生辉,换一句话说,你进了豫园的大门,走过"藏宝楼"前的广场,穿过卖"梨膏糖"的长廊,往左一拐就是"宁波汤团店"了,右对面是"绿波廊"酒家,当年西哈努克亲王在此一顿就吃掉了几百只鲜爽嫩滑的"麻雀胗";而正对面就是九曲桥的入口处啦,上楼远眺,好一幅申城"上下五百年"的繁华景色。

据传,汤团以元宵命名,起源于隋朝。说是隋炀帝在公元610年正月十五那一天晚上,在洛阳搭台歌舞"与民同乐",并用实心的原子,汤中撒糖,赐给臣下和歌姬作晚点使用。因这天恰好是元宵夜,故名"元宵"。而宁波的猪油汤团,据考证始于宋元时期,距今已有七百多年的历史,民间每逢正月十五早晨,家家户户,男女老少都要吃宁波汤团,以示欢乐、团圆、吉祥之意。来上海必来城隍庙旅游观光,来城隍庙,怎能不来宁波汤团品尝美食小吃,宁波汤团店是您旅游观光、就餐的好去处。

外婆在世的时候,每年的冬至日都要煮一锅汤团,说是祭奠外公在天之灵。她的手艺据说就来自宁波汤团店的退休老师傅"黄麻皮"。黄麻皮一脸麻子,一口宁波话邦邦硬,住我们"隆兴坊"13支弄8号,他教外婆,糯米粉必须用手工磨的"水磨粉",盛入布袋袋里滤透,而"黑洋酥",那时可没有现成的,必须自己制作。宁波人的做法是,买来板油,必须先把血丝、腱膜全部剥清爽。这道手续极其繁琐,因为腱膜深深嵌在板油中,盘根错节,非得把它们挖干净的话,就非常耗时。然后把"净身"后的猪油一小块、一小块地掰碎,一层猪油块、一层绵白糖地放入糖缸腌起来。外婆家的糖缸非常大,像小面盆那么大,盖子盖好了很密封。

现在开始捣黑芝麻。专用工具是一副石臼和石杵,黑芝麻放入一直持续不断地舂捣,舂到什么程度呢?舂到它们结块、粘连、出油,然后取出糖渍猪油,两者相拌,用手掌捏揉。手的温度为37度左右,这个温度恰好能把手心之猪油块融化,使之与芝麻粉、糖末交融一体,最后手工搓成龙眼大小的馅心,再度放入糖缸封存,做汤团时便启封。"黄麻皮"说,只有这样的馅心,才配叫"黑洋酥",如此完工的汤团才称得上正宗的"城隍庙宁波汤团"。

可见,宁波汤团天下第一,绝非浪得虚名。问题是我小时候生性过敏而且乖张,挑食挑得没有一点道理,猪爪是不吃的,因为天天踩在秽物中,想想也腻心;内脏更不碰,尤其是大肠,每刻兜着秽物,和马桶有什么两样?汤团,特别是冬至的汤团,也是不吃的,因为"死人吃过了"。

外婆非常生气,又不敢骂我,怕邻居知道了揭发我们搞迷信,那一刻只是狠狠地白着我。我总是僵持一会儿,然后含着委屈的泪,打着恶心,把汤团吃下去。

外公过世的时候,母亲也只有 11 岁,我自然对他毫无印象,只知道他是个 30 年代的画家,先施公司搞橱窗设计的,擅长工笔花鸟,上世纪 90 年代初"幸福邨"采访唐云时,亏他老人家还记得他,说叫陆凤栖,年轻时有过交往。

朱家角猎車運石磨 钟州书

过年要吃水磨粉

　　外婆后来迁回杭州故居生活。那时似乎可以"迷信"一点了，每年冬至前后，我总是陪母亲回一趟杭州，大家坐在外婆的客堂里，高高兴兴地吃汤团，人大了，不再怕"死人吃过的东西"了，相反，觉得外婆的汤团总是特别好吃，糯，甜，香，到底来自"城隍庙宁波汤团店"的真传，一口下去总是一包浓浓的醴液琼浆，猪油裹着黑麻沙，入喉特别顺滑。外婆笑了，黑黑的瓜子脸上，眼睛眯成一条线，像鲫鱼的尾巴，那时觉得她特别好看。

　　但好景不长，母亲病重，我们就难得去杭州了。到了母亲病逝，冬至日再去杭州，发觉外婆突然老了很多，白内障，因此汤团也做不好了，眯着眼，抖着手，糯米团捏得大大小小，黑麻馅子也大大小小，但还是固执地要做，结果汤团破得一锅黑。

　　外婆叹一口气，说，不是我喜欢吃汤团，也不是我一定要你们纪念外公，我老了，告诉你们，没有汤团就没有今天的你们哪！

　　当年"长毛"造反，杭州城内火光冲天，你外公的母亲，也就是你太外婆，是官宦人家的小姐，仇家乘机追杀他们，只好逃难。他们沿着现在的浙皖国道逃，逃到於潜时，全家被杀得只剩她一人了，只要再坚持一下逃过"千秋关"，到安徽就有救了，但却怎么也走不动了，可怜她是小脚，最主要的是已经三天没吃了，瘫在桃树林里。这时有汤团挑子经过，汤团没了只剩汤，你太外婆就用最后的一只金镯头换了一碗糯米汤，喝了才有力气翻过"千秋关"……

　　你看，你们是不是要感谢汤团，哪怕只是汤团的汤呢？

　　现在外婆也去世了，因为浮生浮云，她那传自"黄麻皮"的正宗城隍庙宁波汤团店的手艺也没能在我们手里延续下去。

　　但冬至仍将延续下去，冬至汤团的故事也将延续下去。很多年了，我每每冬至前后会去城隍庙转一转，除了感受感受宁波汤团的魅力，总爱到宁波汤团店的二楼，扑在窗棂上看看九曲桥，看看湖心亭，看看"绿波廊"，看看左前方的"南翔小笼馒头"，从什么时候开始，我们江南的冬至和北方的饺子混搭了？

　　地域性的文化习俗要传承、要保护，也许，救救江南的冬至，就从城隍庙、从宁波汤团店出发？

# 在市四女中劳动的日子

> 我喜欢倚着门廊久久地凝视它的具有红砖长廊的楼身,遐想着晚清至今,一代又一代的窈窕淑女在此如何求学,如何编织少女的玫瑰之梦……

和很多朋友一样,我也喜欢徐家汇。在这里,欧陆风情和吴越诗书结合得完美无缺,若论地标,最无可争议的标志,就是两座教堂。因为都处于徐家汇,所以很容易被混淆,其实它们一个在徐家汇西南的蒲西路,那是徐家汇天主教堂;一个在北面的衡山路,徐家汇基督教国际礼拜堂。

1910 年落成的徐家汇天主教堂,正式名称为"圣依纳爵堂",平日有弥撒,逢星期日及天主教节日,全天会有多场祭礼。它的建筑风格为中世纪哥特式,两个高高的尖塔风情无限,整幢建筑高 5 层,砖木结构。法国中世纪样式,可容纳 3 000 余人。2013 年被列入全国重点文物保护单位。始建于 1925 年的国际礼拜堂位于徐家汇的北面,衡山路 53 号,是上海规模最大的基督教堂。近代哥特式的砖木结构。它不仅以优美的圣乐而蜚声沪上,而且还是一个不分教派、不分国籍的基督教礼拜堂。"文革"期间,国际礼拜堂与全国千千万万个教堂一样,遭到了史无前例的破坏,堂里的管风琴、洗礼池、铜十字架等宗教设备都毁于一旦。

然而,在徐家汇,仅仅注意两座教堂显然是不够的,除了"徐汇藏书楼",位于天钥桥路的"徐汇女中"也是一把走进徐家汇的钥匙,事实上,它比两座教堂的资格还老呢!

1867 年,一所叫做"经言小学"的学校在此创建;1898 年,经言小学发展为崇德女校;35 年后,改名为徐汇女子中学;1952 年 7 月,徐汇女子中学和启明女子中学合并组建为"汇民女子中学"。当年 12 月底,又改名为上海市第四女子中学。"文革"期间的 1968 年,上海第四女子中学几乎和全上海的女中一样,统统改为男女合校,它被改为"上海市第四中学"。

它曾经发生过多少故事? 我相信足足可以写几百万字,但当我 1979 年初因为母亲病重而被"照顾性"借到此地工作一年时,首先被它的建筑风格震撼,那红砖拱券门廊的教学楼让人一见就赞叹:洋派! 经典! 味道!

我喜欢倚着门廊久久地凝视它的具有红砖长廊的楼身,遐想着晚清至今,一代又一代的窈窕淑女在此如何求学,如何编织少女的玫瑰之梦……

我所栖身的是"校办工厂",负责校办工厂的老师叫陈经敏,我的绍兴同乡,大家利用谐音叫他"神经病",他也不以为忤。听说他本极有教学水平,不知犯了什么"天条"被贬到此处,但他很乐观,领导着十余个下属把校办工厂办得有声有色,其主要业务是为闵行电机厂的大型线圈做一道工序,记得是一种特殊的烘烤:把已经裹好黑漆材料的"矩形线圈"夹进钢板夹,夹住,加温,定型,最后通过高压测试出厂,送往闵行电机厂。

我的主要任务是为线圈上"夹板"，和我搭手的是两个人，一为老克勒刘某，一为老江湖杨某，前者住淮海路武康大楼，后者住天平路华山路口。时为1979年，上海刚刚苏醒，第六百货商店天天销售着"外转内"商品，天钥桥路的一家"日用品调剂商店"（旧货店）也开始悄悄售卖各种进口旧表、旧唱片和种种抄家物资。老江湖和老克勒天天边干着活，边聊着行情，现在看来是天价的红木家具，那时便宜得惊人，记得一只红木大橱才50多元，100多元一架的旧钢琴已经相当好了，还有什么"汉密尔顿金表""朗生打火机"。我对此懵然不知，插不进话，便常和"神经病"搭腔。陈老师虽有学问，但很慎言，不过，显然很喜欢我，因为兼管着学校的图书馆，午休两小时，便常常领我去"女中"的图书馆。我这里要强调"女中的图书馆"，就是因为陈老师告诉我，当年正是因为女生多，故而"文革"期间，此校被破坏的程度很轻，徐汇女中的学生大都住徐汇区，而且家庭背景大都"有问题"，运动一来都靠了边，回到里弄当"逍遥派"，学校根本没有人，图书馆也被封存，故而图书保存之完整，在徐汇区首屈一指。

我听了心直痒痒，进去一看，果不其然，"文革"被划进"毒草"的书籍这里几乎应有尽有，比如朱生豪先生翻译的《莎士比亚全集》，这里一本不少，查良铮（穆旦）翻译的拜伦、雪莱、济慈和叶芝的诗，这里整整齐齐，更多的名著还都是民国时代的译本，更有"限制借阅，等待处理"的书架，一看都是触目惊心的、那时被普遍叫做"不健康的书"或"黑书"：李宗吾的《厚黑学》、希特勒的《我的奋斗》，胡适、周作人、施蛰存、梁实秋、黄震遐、胡兰成等"汉奸文人"，反动文人的著作，更有"宣扬达尔文主义"的杰克·伦敦或"不健康作家"王尔德、劳伦斯等人的小说。陈老师看我痴迷,便不无暗示地说:这些书,很久很久没人看了,早晚要统一处理的……

我听了,盗窃之心顿起,最先看到杰克·伦敦的小说就往家里带,我特别痴迷他《强者的力量》《热爱生命》《白牙》《北方的奥德赛》等,这些版本外面是没有的。后来反复想着"窃书不算偷"的老话,胆子越来越大,也越来越原谅自己,把那些"反正要处理"的书,一本接一本地往家里夹带,开始还东张西望,脸红心跳,后来就没事人一样了。由此想到作奸犯科的规律,天良大概每个人都有的,多次无良后,天良就休克了。而且每次陈老师都坐在那里看书,前俯后仰、如痴如醉、假痴假骏。他是真喜欢我,我想,以他的睿智,岂有不洞悉我的道理?

将近一年,我天天去徐家汇上班,周围人都奇怪,一个那么慵懒的人,怎么校办工厂去得那么勤。

我常怀念卢湾区图书馆。但事实上,"市四女中"才是我最早的启蒙之地,陈老师更是我最早的启蒙老师。当年他是五十不到的年纪,现在应该有九十多了吧,如果还在世的话。

至于"窃书",虽然与当下的偷盗"共享单车"还是有点差别吧,但不管怎么堂皇的理由,什么"知识的荒芜时代"啦,"书荒的直接恶果"啦,"年轻人求知的不得已"啦,其实都拗不过偷的定义:未经同意而据为己有。

只不过此举早已过了追诉期,市四女中不再追诉我罢了。呵呵。

因此,已经很久了,我一直想写一点忏悔文字。它一定及不上卢梭的深沉坦荡和伟大,但一定是一次老老实实的不打自招。

# 怀念那辆自行车

我疯了一样地询问着每个过路人,一遍又一遍地重复着"凤凰18型""凤凰18型",所有的路人对我只是同情地一瞥。望着徐家汇的万家灯火,我从此和墨绿的"18型"分手。

听说徐家汇"万体馆"附近要大变身,"一场两馆"要保留,其余都拆除,将建成全开放的"徐家汇体育公园",那一刻的心情有点复杂。

毕竟我们那一代在徐家汇及其周边地区有太多的故事,我的儿子在那里出生,我最心爱的第一辆自行车——凤凰牌18型也在徐家汇被盗,成了我和徐家汇之间永远的纠结。

说起和徐家汇之间的关联,还是很小的时候坐15路电车到底的印象,已经记不清为什么事去徐家汇了,好像是探望病中的母亲。1963年,母亲患肝炎住宛平南路的龙华医院隔离病房,我们隔着栅栏探望她,完了父亲带领我们去徐家汇转了一圈。记得那时的徐家汇就已经很繁华,车水马龙地很"上只角",教堂的双塔和15路电车终点站的那一家漆成绿色的花店,给我留下了深刻的印象。

再后来是1979年年初,我被借到徐汇第四中学(原来的徐汇女中)校办工厂工作,这就是天天到徐家汇上班的日子。那些日

徐家汇天主堂

子里我熟悉了老车站,也知道了"徐汇藏书楼"在哪里,天文台在哪里,熟悉了"礼拜堂"和"天主教堂",也熟悉了 1975 年建成的、到1979 年还簇新着的"上海万人体育馆"。

上海人都知道,租界时代,上海西南方位的华界与租界的分家线就在这里。

上溯历史的话,徐家汇的形成可上溯至明代。晚明文渊阁大学士、著名科学家徐光启曾在此建农庄别业,从事农业实验并著书立说,逝世后即安葬于此,其后裔在此繁衍生息,初名"徐家库",后渐成集镇。因地处肇嘉浜与法华泾两水会合处,故得名"徐家汇"。

摆摆"文化谱"的话,徐家汇无疑是上海近代化过程中的文化重镇。

首先,交通大学发端于此。徐家汇藏书楼更是中国最早最完备的图书馆;依纳爵公学(徐汇中学)是中国内地最早的新式中学;同治七年(1868 年)耶稣会在此创立了自然博物馆;1872 年创立的徐家汇观象台是中国最古老的气象观测站,号称"远东气象第一台"。4 年后,又成立了徐家汇土山湾印刷馆,产生了诸如刘德斋、周湘、徐咏清、张充仁等一批享誉海内外的中国艺术大师。曾受土山湾绘画影响的一代美术大师徐悲鸿先生直言:"土山湾亦有可画之所,盖中国西洋画之摇篮也。"1949 年以后,著名的上海电影制片厂和中国唱片厂也创建于徐家汇。

说徐家汇直接见证了上海乃至中国近代文化的发展历程,毫不为过。

1979 年前后,我就这样在徐家汇徜徉着,感受着,直到

1988 年 6 月 21 日前后。

我的儿子胡天天从预检期开始就定位于徐家汇的"国际妇婴保健院",之所以定位于它,就因为它是"上只角的好医院",但孩子出院那天,我赔上了我最心爱的自行车。

那天我一定太兴奋了。接了孩子直往家里奔,根本就忘了,来接孩子时,骑了一辆凤凰牌 18 型的自行车,车还停在"保健院"对马路的人行道上。记得很清楚,撑脚是全镀"克罗米"的,它支在方形的水泥预制板上,预制板上有细细的网格纹。

还是在 1987 年的春天,儿子远没出生时,我就受作协委托,为当时的上海自行车三厂,亦即"凤凰自行车厂"写报告文学,当然是吹捧他们,虽然他们也的确有不错的业绩。

接待我的是周金根厂长。我们之间谈得投缘,作品也让他满意,待到 1988 年的春天知道我快要做爸爸的时候,周厂长郑重其事地送了我一份大礼——一张自行车券。

称其"大礼",没有过分,当时拥有一辆"凤凰 18 型",相当于现在拥有一辆宝马,而且没有"券",再有钱也买不到"18 型",更何况,为了让我炫酷,厂方还特地选定了市面上极其稀罕的墨绿色。墨绿色的"18 型",问问当时的过来人,几人赏玩几人有?

因为它身上镀"克罗米"的部位特别多,我便每天擦拭得紧,淋雨后一定得拭干上油,如此一辆心肝宝贝的宠物,却在孩子出院那天不翼而飞。

那天中午,我骑车到达"国妇婴",大概高兴过度,把他们母子俩接上出租车后居然忘了自己的车还停在"国妇婴"的对马路。

　　我那时临时租屋在沪太路姜家桥，即今灵石路大华新村一带，去徐家汇必须穿过整一个市区，等到忽然想起它时，天已黑，阵阵冷汗密密地涌将上来。

　　巨大的不祥之兆将我完全吞噬了。我挣扎着叫了一辆出租车，赶到"国妇婴"时远远望去，哪里还有车的影子！

　　我疯了一样地询问着每个过路人，一遍又一遍地重复着"凤凰18型""凤凰18型"，所有的路人对我只是同情地一瞥。

　　望着徐家汇的万家灯火，我从此和墨绿的"18型"分手。

　　那时候的徐家汇，还没有华亭宾馆、没有衡山路地道、没有港汇、没有东方商厦、没有太平洋百货、没有八万人体育场。

　　只有15路电车终点站的那一家漆成绿色的花店，在夜幕中发光。

# 找回"霸伏"

"霸伏"是什么？现在的年轻人不知道了。它是意大利进口的燃油助动车，曾经在上海滩大红大紫10余年，在它之前涌现的"助动车"简直不能算是车。

说来自己也难以相信，如今我开着排量2.0的自备车，却常常想念着二冲程的"霸伏"，想念着右手"轰油门"时它那"铮铮铮"的铿锵有力的活塞声……

"霸伏"是什么？现在的年轻人不知道了。它是意大利进口的燃油助动车，曾经在上海滩大红大紫10余年，在它之前涌现的"助动车"简直不能算是车。有"永久牌"的，拉绳发动，诨号"抽水马桶"，有各种杂牌的，统称为"药罐头"，因为各种毛病实在太多，往往走不了多少里地就得维修，可见那时国产助动车的质量有多糟。相形之下，稍后进口的"霸伏"简直"天神"一样，价格从简易型的一万到超豪华的一万八千之间，不但造型漂亮大气没得说，而且质量超棒，一口气从上海开到苏州都没问题，时速50码甚至60码都轻轻松松，三年返修率几乎是零。

报社当时有规定，只要拉进的广告回扣率（一般为5％）相当于车价，这笔回扣就可以直接打入车行，买霸伏，以改善大家的采访条件。

　　几经周折,我总算如愿买了一辆橘黄色的超豪华型霸伏,那种得意劲是现在年轻人无法体会和理解的。我骑着它狂驰了大半个上海,还特地列出名单,老同学、老同事、老邻居一家一家地拜访,用意很明显,显摆显摆,哥现在混得如何? 嗨嗨! 你别说楚霸王富贵乡里行,楚人沐猴冠,名利之心谁人无之。

　　然而,上海人所说的"骨头轻",显摆显摆就出了事。那天去"强巴"家,那厮住大名鼎鼎的"泥城桥"附近的芝罘路,我们从小喊它"煤气包"的旁边,而说起这泥城桥,上海人几乎没有不知道的,它位于黄浦区"大上海电影院"之北,因泥城浜得名。大致范围在西藏路桥南堍至凤阳路的西藏中路两侧一带。1848 年,英租界第一次扩充,西界为周泾至苏宅。1853 年起,外国人开凿泥城浜(今西藏中路),浜上由北向南曾先后架起四座桥:北泥城桥、中泥城桥、泥城桥及南泥城桥。上海开埠后,北泥城桥周围与附近的南京路一样,办起许多公司行号,如清同治年间开设了英商自来火公司(今市煤气公司所在处,即我们称为"煤气包"之处),光绪年间创建了中法大药房(现为五金装潢分公司)。1912 年后,泥城浜被填没,桥也拆除,筑成宽广的西藏路。由于该地区的中心在西藏中路、北京东路、北京西路、新闸路、芝罘路的六岔路口,成为四通八达的交通要冲。马路上人力车、三轮车、老虎车、汽车、电车等川流不息。到 20 世纪三四十年代,该地区公司、戏院、商店等鳞次栉比。著名的祥生汽车公司(现市出租汽车公司)、丽都大戏院、金城大戏院、大加利酒楼(现为南国酒家)等先后开设于此。丽都大戏院,1926 年 11 月 19 日开幕,初名北京大戏院,后改名丽都,

1974 年，改贵州影剧院，院址在贵州路 239 号；金城大戏院，1934 年 2 月 1 日开幕，1958 年改黄浦剧场，地址北京东路 780 号；而祥生汽车公司，1919 年由华商成立。1931 年组建股份有限公司，总管理处从武昌路迁入北京路 800 号。这个地块北濒苏州河，船民多，小商小贩多，贫民多，因此，适应这些人需要的店铺也多。如铁铺、缆绳商店、五金店、小饭店、油酱店、茶馆、小旅馆、澡堂、当铺等。1949 年后，此处是通往彭浦工业区、吴淞工业区和上海火车站的交通要道，成为全市交通最繁忙的地区之一，有鳞次栉比的点心店、中小饭店、食品店、理发店、中小型旅馆，如大观园浴室、逍遥酒楼、新光理发店、北京旅社等。全市闻名的星火日夜食品商店和小绍兴分店等一些日夜饮食店也开设于此，通宵达旦地提供服务，是夜上海的一角。

我们小时候去泥城桥，倒不是为了消费，也根本没有能力消费，更多的时候是为了一睹全上海最高级别的"跳水比赛"，那就是在人山人海的围观下，全上海跳水最出色也最大胆的小伙子，列队从高高的泥城桥（西藏路桥）上直笔笔地跳下苏州河去，每一个入水的小伙子都会引来岸上雷鸣般的掌声，但那一带，每年都死人也是事实，人说那是对苏州河的祭献。

那天，车停强巴门口，强巴叫来几个邻里哥们，大家围着霸伏转了几下，对它漂亮的身姿啧啧称赞了好久。我又扭动把手，轰了几下油门，大家又说声音真好听，几乎没有尾气，甚至喇叭声也中听，那音色钝圆而洪亮，不像国产助动车，破嗓门都公鸡一样。

满满地收获了几箩筐的夸奖，就进门喝茶去了，不料喝完茶出门一惊,脑袋"訇"一下,立马浑身大汗泉涌:车哪去了?!

开始还以为强巴的哥们开我玩笑,移个地方吓吓我,直到强巴狂吼,邻居们吓得索索发抖,赌咒发誓没碰过我车,我才意识到霸伏被偷了。光天化日之下被"大力钳"钳断环形锁而推走了。居然没人看见。

感觉天都塌了。如同现在的一辆捷豹或宾利被偷,那时的霸伏几乎就是我最大的一注财产了,1996年,我的月工资才3 000多元钱,它的身价大致相当我6个月的收入。

见我昏昏沉沉,强巴镇定地问我,这辆车外形有什么特征。我想了半天,说龙头上有一大块绿漆,日前去朋友家显摆被人恶作剧偷偷地涂上去的,尚未清洗。

强巴说,别急,你明天别上班,跟我到泥城桥站岗,"猫猫看",不排除偷车贼驶过泥城桥的可能。

我一听怀疑强巴疯了。这种馊主意也出得出! 俗话说,做贼心虚,谁偷了霸伏还有心思逛泥城桥啊,吃饱了撑啊,还不赶紧去黑市卖了它,变现呀!

强巴说,不然,偷车贼一定住所离我不远,车停门前,也敢偷,此贼一定行事果断、胆大无比而且相信"灯下黑"的原理,相信"越危险之地越安全",明天一定会骑着它过瘾,过完瘾才出手,不信,你跟着我,非活捉他不可!

大家都觉得他在痴人说梦。还是先报警吧。报完警,强巴留饭,喝酒,早早睡了。翌日一早,七点不到,强巴已拖我上了泥城桥。泥城桥虽然是繁忙地段,但七点的车流不算多。我俩痴痴地守望一会觉得实在无望且无厘头,刚想挪动,突然听到了我熟悉的"铮铮铮"声!只有霸伏——不!只有"超豪华"才具有的天籁之声,从桥北传来,转头一瞥,不正是我的霸伏嘛!龙头上的那滩绿漆还映着阳光对着我笑呢!

强巴也看见了,示意我别动,侧着身,候其到位,钵头般大的拳头突然出击,直接打在贼的左腮帮上,人就飞了出去,贼大号,强巴上去又一拳,没声音了,吐白沫。强巴嘱我推好车,把贼捆好,拖到了派出所。

贼当场就招了。派出所连连数落强巴,特么下手也太重了。

我的爱车,开着它回家,如在梦中。强巴现在还时不时地找我喝酒呢。

# 汾阳路上拔鱼刺

夜半的汾阳路，静谧整洁，以前因为采访而常来，但如今因为"拔刺"而来，心情很不一样。四周都是黑沉沉的，唯有上海眼耳鼻喉科医院灯火通明。

上海汾阳路尽管很短，但其北口一直是花团锦簇之地，它往北探头，伸进东湖路就是原上海《青年报》社的洋楼，而淮海中路、东湖路的交汇处，有著名的"东湖宾馆"，旧时为"杜月笙公馆"，独立式花园住宅，新古典主义构图，整个建筑的主体部分，南北立面左右对称。整个建筑形体简洁，比例恰当，外立面装饰精美而丰富，特别是立面几何型线条丰富，室内有长廊，长廊两侧均为标房。1950年由政府接管后，改建为宾馆。往南走几步就是上海音乐学院；往东，近陕西南路有著名的西菜社"天鹅阁"；襄阳路口，襄阳公园对面，以前还有"天津狗不理包子店"；往西，近复兴路口有著名面包房"申申面包房"，美国领事馆……

上世纪90年代中期，我常去《青年报》走动，有时也去上海音乐学院的礼堂听听音乐会，所以对这一带梧桐树遮天蔽地的幽静之地很熟悉。

不过上海人对"汾阳路"最核心的认同却是那大名鼎鼎的"五官科医院"，其正式的名称叫"上海眼耳鼻喉科医院"，我也因为家族中不断地有人被鱼刺卡喉而和它一次次地结缘。

比如今年 8 月的事。

只是一眨眼的工夫，婆娘被鱼刺卡了。是根大鱼刺。不称她"太太"而称婆娘，一是"太太"落俗，二也是贬她一回，谁叫她又卡了?! 三十年来，不知被卡多少回，总是乞灵"威灵仙"，但威灵仙也有不灵的时候，痛得无法入睡，总是捱到半夜，陪她去汾阳路眼耳鼻喉科医院（上海人俗称"五官科医院"）。

最近和儿子住一起。别墅在松江泗泾。金少而求屋大，欲 250 平米以上，只好买远点，九亭还下去一站，心态也随之扭曲了，时而自诩空气好，时而夸奖房型好，无非寻找心理平衡，就连医院也一并夸了进去：谁说松江的第一人民医院差啦？人家也是"三级甲等"好伐！

无奈"三级甲等"很快打我脸了。那晚计议，去"第一人民医院"，还是五官科医院？ 蕞尔小疾，决定去松江。给它个机会。

要说气派，松江的"第一人民医院"（南院）比海宁路的"第一人民医院"还气派，把我们引进治疗室的是一个瘦削的值班女医生，我不禁咯噔了一下：这么年轻！ 还是个学生模样……但又宽慰自己，人不可貌相。

她戴好口罩，拿来器械，要婆娘张大嘴巴，压舌板一压，婆娘一打恶心，她便说"没有!"我忙说，怎么会没有呢？ 我们大家都看见了！ 她的脸当场挂霜：你们看见有什么用？ 要我看见！ 现在我看了，没有！

"这……是'没有'，还是没发现?"我有点急了，忙点给她看——明明就在小舌头下，舌根上嘛，像一根牙签，或者一支笋一样耸着，介明显，还看不见?! 为方便她，顺手画了一张草图，示意在小舌尖下面，右侧的舌根处。

我好言请她再看看。她皱着眉，又凑近看看，嫌恶之态，尽在眉眼，最后的结论更冷了：没有就是没有。两天后来做喉镜，先麻醉后检查。说完不容赘言，起身就走。我追上去，问附近有没有中药店，想买威灵仙将就一晚，明日就医。

一位高大的男医生堵了上来，态度同样嫌恶：中药房? 我们怎么会知道哪里有中药房?!

至此，我被他们夯得无话可说。倒不尽是气恼那小医生的业务无能，而是痛心自己平日里处处为他们说好话，无论在舆论场还是现实生活，凡是涉及医患矛盾的场合，我一般总是站在医院一方。现在看来，松江人对这家医院普遍地不屑并非没有来由。依至少态度略微温和点吧。

怎么办? 快 12 点了，儿媳妇当机立断：去汾阳路眼耳鼻喉科医院! 介大一根骨头，捱到两天后不知会发生什么呢。

好在新居紧贴高速入口，便油门一踩直奔汾阳路，夜深车少，最多 30 分钟便到了"五官科医院"。

夜半的汾阳路，静谧整洁，以前因为采访而常来，但如今因为"拔刺"而来，心情很不一样。

历史上，上海法租界公董局越界筑路，此路于 1902 年落成，因为以法国驻华公使名命名，所以在 1902 年—1943 年之间称为毕勋路(Route Pichon)，是上海法租界的一条著名街道。它不太长，全长 815 米，一公里都不到，大体呈南北走向，北起淮海中路，南至岳阳路，1914 年上海法租界大扩展时被划入界内。1943 年汪精卫政府接收上海法租界，将其以山西省地名改名为汾阳路。

沿路都是著名的豪宅区，与它交汇的都堪称"牛路"，北有霞飞路(今淮海中路)，南有辣斐德路(今复兴中路)、台拉斯脱路(今太原路)、祁齐路(今岳阳路)，沿路的建筑亦皆"牛宅"——9 弄 3 号住宅为旧时的海关俱乐部；20 号昔时为犹太俱乐部，现为上海音乐学院礼堂办公楼，花园住宅为比利时领馆专家楼；45 号乃海关税务司住房，现为海关专科学校办公楼；79 号原为豪华住宅，现为工艺美术研究所，因为通体白色，俗称"白宫"；150 号就是白崇禧故居了，现在是宝莱纳餐厅；83 号 10 号楼，过去叫犹太医院，现在就是大名鼎鼎的上海眼耳鼻喉科医院了。

四周都是黑沉沉的，唯有上海眼耳鼻喉科医院灯火通明。

邀天之幸，那晚来"拔鱼刺"的患者不多，记得前两次来此，都是人头济济，全上海只有此地的"拔鱼刺急诊"通宵到天亮，如同霍山路的半夜大饼油条摊一样，再晚，那盏灯，为你温馨地亮着。

说来怪，一到这里，婆娘就不呻吟了。喉咙也不痛了。队伍动得很快。同样是"小医生"，此处如同小木匠"拔洋钉"一样，又如痀偻承蜩，强灯一照，一拔一个。轮到她，又是个稚气未退的男神，但动作老练而自信，打开口腔一看，用不着我们提示，就"哦"了一声："看到了！"话毕不由分说，吱一声，麻药喷了进去，便潇洒地去一趟洗手间，回来舌板一压，用力过度，断了，便掣出纱布干练地把舌头一裹一拉，镊子伸进去一夹而出，高高举起：出来了！

大家吓一跳,简直就是一根"骑马钉"！是带鱼背脊上的那种T形硬骨,"这么明显的骨头怎么会看不见呢?!"病人相互议论着,他们都是因各家医院看骨头"看不见"而聚拢来的,如同 CA 病人不约而同地奔向"群力草药店"一样,上海有很多这样"妖"的地方,进口手表,就是"亨得利"修得最好,甚至红肠——只有到徐家汇天钥桥路口的那家买,才最好吃⋯⋯

"你们医院拔鱼刺介灵,为什么不在全市医院系统开个培训班呢?"

那男神听了拉下口罩,朝我极其怪异地笑笑,什么也没说。

转而一想,我问得太拽,把"全上海鱼骨头拔除培训班"开在高雅的汾阳路,鱼腥气未免太重,听起来总觉得怪怪的,是不是。

# 卢湾区图书馆·书中呒有颜如玉

> 从1980年至1984年,我几乎天天去卢湾区图书馆。去卢图的次数实在多了,还泛起感情的涟漪。

每次路过陕西南路的"黄浦区明复图书馆",脑际就会涌现"1980年"的字样,就会想起36年前的往事。

那时我在外地工作,长期旷工在沪,没有户籍不能入读上海的"电大"与"夜大",便天天去卢湾区图书馆自由阅读,那时它可不叫现在的名字,而是我心中永远的"卢图"。

卢图坐落于陕西南路235号,园内古树名木森然,为全国一级图书馆。据说它的藏书量达42万余册,年均服务人次达到50余万。因上海区级行政区域调整,卢湾区与黄浦区合并,原卢湾区图书馆更名为黄浦区明复图书馆。

合并那年,上视请我做过一档专题节目,专讲卢湾区图书馆的故事,因为我和它的一段缘分。

这陕西南路也是一条不寻常的马路,它辟于1911年,原名宝隆路,1914年法租界扩展,它被命名为"亚尔培路",1943年汪伪政权接收法租界时改名咸阳路,1946年改为陕西南路,一路上著名建筑景观不断,马勒别墅、凡尔登花园、陕南村、长乐村、步高里……过了淮海中路就显得更加优雅沉静，两边的建筑自然而然地呈现出高尚住宅的气派，再过"文化广场"，就可遥遥望见绿阴中的卢图了。

进门后，最照眼的灰白色的主体建筑为始建于 1929 年的明复图书馆，墙角的奠基石上孙科的题词清晰可辨："中华民国十八年十一月二日中国科学社为明复图书馆举行奠基礼"，副楼是由美籍华人关康才捐赠的乐乐图书楼。2004 年底，改扩建后形成以"明复楼"为中心，"乐乐楼""会心楼"左右映衬、风格独特的建筑群。

毫无疑问，卢图具有深厚的文化积淀，"明复楼"不但见证了中国科学社的历史，还是中国民主促进会的诞生地。

记忆中，36 年前的"卢图"，周围环境都还保存着陕西南路的原貌，似乎比现在还优雅。寂静的陕西南路上，很远就能看见那幢白色的美国式建筑，大门两旁是阅报栏，进门就是两排剪裁得方方正正的法国冬青，毛石铺就的小径旁，百花盛开。

去的次数多了，也就知道了它的历史：其前身是中国科学社明复图书馆，以中国科学社骨干人物胡明复先生命名。

现馆建于 1959 年，是在原市人民图书馆撤销建制后，以该馆原有的图书设备与人员，并利用原市科技图书馆的馆舍组建而成。馆舍面积据说有 1 700 平方米（现在新建了北楼，面积已经扩大到 4 400 余平方米了）。整个楼房分南 3 层、北 5 层。南 3 层的二楼东西两厅为阅览室，有座位 200 多个。北 5 层主要用作书库。

从 1980 年至 1984 年，我几乎天天去卢湾区图书馆，它的藏书量之宏富，是因为没有受到"文革"的破坏，很多当时的"禁书"，

卢湾图书馆

它依然能够借阅——当然，不能出馆，而是像"堂吃西瓜"一样只能在馆内阅读。

去卢图的次数实在多了，还泛起感情的涟漪。

由于羞怯，而且"自身条件欠缺"，作为"外地青年"的我一般不和阅览室的女青年搭讪，但却必须和借阅处的女馆员打交道。

她穿着蓝大褂，身材高挑，年龄似乎小我四五岁，乌黑的大眼睛，肤色白皙，鼻梁笔直，发式梳着当时非常前卫的"油条辫"，一挂一挂地很像"茶花女"里的玛格丽黛。

她的工作台正对着宽敞的楼梯，每次上楼转过扶梯就可以看见她的靓影。我虽然在外地工作，但是工作证倒很给我面子，因为是上海小三线单位，上面只印着"上海胜利水泥厂"，一点反映不出我落魄的背景。

每次，我总是默默递上我的纸质的、边缘已经起毛的工作证，希望引起她的注意，但是她总是垂下长长的睫毛，漫不经心地往什么地方一塞，然后给我一块牌子了事。

终于引起她的注意还是柳鸣九编选的那本红红的《萨特研究》之后，我板着一副很悲壮的脸，连续一周保持开馆首借的纪录。大概是第七天，她第一次正面打量一下我，笑笑说：馆里只有这么一本，你已经连续看了七天了，别人始终借不到，大家有意见。我建议，你是否可以先通读一遍，然后大家轮换一下，以后再细细研究？

我一看后面，张张都是欲说还休的怒容，便对她点点头。

她喜欢和同伴聊天，说话很轻很优雅，如果座位和她们近，我常常竖起耳朵偷听，知道她在念"夜大"中文系，追求的男友很多，甚至老师也加入了"竞聘"的行列,偶尔她会提到资深的"红房子",时尚的"蕾茜饭店",以及刚刚出现在淮海路的"蓝村"等一系列有品位的餐馆、咖啡馆。

我注意到她说起"蕾茜"的那种标准的"上只角"的发音:"蕾"的声调是阳平,"茜"的声调则是尾韵突然吞没的入声,令人想起"罗马假日",很小资。

那天,她接过我的工作证,友好而略带狐疑地问:上海胜利水泥厂?你可以天天不上班吗?宣传科的吗?

我红着脸,什么也答不上来。我知道厂里那些"宣传科"干部之所以在我面前常常以大员自居,就是因为我太卑微了。我只是一个"旷工者",而且连户口也没有地赖在这个城市苟延残喘,甚至连明天能否在上海看到日出也一点不能保证,单位来人随时可以把我押送回去。

"上海胜利水泥厂……"她的嘴唇线条柔美地翕动着,它在什么地方呢?我怎么一点也不知道。

"它在安徽!"我扬起下颌,粗鲁的回答一出口,就觉得心里的一块石头落了地,我唯一的力量就是说实话,并且以真话为荣。

"噢!"她的眼睛闪过同情的一瞬,就再也不说话了。

从此,她不但再也不催还我在阅读的热门书,而且还轻轻地介绍我阅读她们老师和同学推荐的热门报刊和特别难借的热门书,有时候还会悄悄地为我扣留几本。我们依然极少说话,似乎从我决绝的眼神里知道我已经"拎清",绝不会萌生令她尴尬不安的绮念。

那才是我真正的大学。我那时胸怀大志，自由地选择，自由地阅读，自由地思考，根本不屑于报纸杂志上一次凯旋式的署名，或者一篇"豆腐干"的发表，我期待着一鸣惊人，一口吃成大胖子，总是顾盼自雄地独往独来，后来，为了镀金，我读到了真正的大学，而且还是复旦，那才真是被"修理"的感觉，哪里有卢图阅读的汪洋恣肆和博杂扬厉呢。

36 年过去了，我写了很多文字，但是我的知识构架还是卢图驳杂的底子，它无所谓优劣，但一定是自由的、野生的、绿色的。

36 年过去了，有一天中午时分我悄悄地踱进了卢图，白楼依旧，百花依旧，小径的尽头，有一位头发已经略显银丝而身材高挑的中老年美妇在绿茵深处出神。

看我探头探脑地踱蹀，便警惕地问我：先生，您找人吗？

一刹那，我认出了她。她大概还在返聘吧。

我至今不知道她的名字……

# 泪洒国泰电影院

我现在还是常常经过国泰电影院,常常想起他,转眼,27 年过去了。

大概是 1988 年的冬天,太太闺蜜之男友、香港商人沈熙约我去淮海中路茂名南路转弯角子的"国泰电影院"看电影,作为记者,这是我第一位接触的港商,也第一次领略了什么叫"阔绰"。

说不出理由,为什么我迟至 1988 年才首次去国泰电影院看电影,潜意识里,这家电影院档次太高,票价太贵,20 世纪七八十年代,我们常常在它门口头兜兜,就是不进去,同样的电影我们宁可去"淮海"、去"国际"、去"新光",也不去"国泰"。"国泰"的票价是一贯贵的,听老辈人说,其 1931 年开张之初,日场票就 1 元、1.5 元,夜场 1.5 元、2 元。当时,一个中学教师的月薪才 30 元上下,比照之下,可知票价之昂。相当于现在一个月薪八千的小哥用他一天的工资去国泰看一场电影。

但是港商沈熙眼睛也不眨一下,一口气买了 40 张票,把他女友所要好的女同学连同她们的老公或男友统统请来,看了一场《红高粱》,电影散场又一起去对面的"花园饭店"(原法国总会)夜宵,顶级自助餐随便吃,40 余人差点包了"国泰"的夜场,又包了"花园饭店"的夜场,我们不知道他那天开销多少。沈熙那年五十开外,四方脸,白里透红,中等身材,一口流利的上海话,纯正而带点老牌腔调,合影,他叫"拍小照";钞票,他叫铜钿;洗澡,他叫嗯浴;穿衣服,他叫折衣裳……他是 50 年代初去的香港,父母是上海人,故化石般地保留了当时的上海话。80 年代初,他大做海上的走私生意,从"大兴手表"到牛仔裤、录音带什么都做,什么都赚,暴发以后独家代理几个进口品牌冰箱与空调,身价千万矣。

这以后,他又多次约我去"国泰"看电影,似乎对"国泰"特别欢喜,话说"国泰"之体量虽然看上去没有"大光明""大上海"那么大,但"特级首轮"的地位仍使它高居顶级影院之列。打开历史案卷,可以发现这幢 1931 年的建筑是装饰艺术的杰作,1949 年以前专放英美片,建筑面积 2 156 平方米,3 层。由著名建筑设计事务所鸿达洋行设计。走进影院,座位又都是宽阔的皮椅,连银幕的构造也很独特,无论从影院哪个角度看去,画面绝不变形;再如冷暖空调等也是当时稀罕之物。抗战胜利后复业时,还在每个座位上配装了译意风,将影片中的对白同步译成中文。领票员是清一色的俄侨小姐(又称"罗宋小姐")。游目四顾,俨然置身于古代希腊或罗马的艺术殿堂。

这便是国泰在大上海建筑史上的地位与价值,也是 1994 年2 月 15 日公布为上海市建筑保护单位的理由。

当然"文革"期间它也被改了名,记得那些年常常路过,它被改为"人民电影院"。沈熙后来才说了真话,他对"国泰"感兴趣,是因为他的父母是"国泰"的常客,他们的热恋在"国泰",仓皇离沪时的最后一场电影也在"国泰"。在他看来,设计者将影院的主立面安排在霞飞路（今淮海中路）与迈尔西爱路（茂名南路）交会处，以大门上方那道嵌书着"CATHWY THEATRE"字样的狭长垂直凸面，连接顶端的旗杆，组成了中轴线，顺两条道路作直角状的对称型周边式布置，可谓匠心独运。两侧用紫红色泰山面砖铺砌的外墙上，以水泥粉刷的白色砖缝线与窗框组成垂直统长的醒目线条，予人以一种几何感和秩序感。大门上方又采用逐渐向上、向中收缩的表现手法，集中到那根直指苍穹的高耸旗杆，更显示了一种挺拔、简洁和明快的风格。进入厅堂，两尊洁白精美的维纳斯雕像伫立两旁，两道圆弧形的扶梯左右分上；狭长而高敞的放映大厅，两座竖立在舞台旁的柱灯，与穹顶上左右梯式排列的上万盏顶灯，直横交辉；四壁疏密有致的古典式浮雕、图案，大厅与过道上软厚的织花地毯，都透发出华贵典雅的气息。

平心而论，沈熙不是来看电影的，而是来看影院的。我太太的那个闺蜜其实就是他包的小三，那小三"白相心思重"，天天缠着他灯红酒绿，纸醉金迷，每天不折腾到凌晨二三点是不会睡的。体力长期透支，沈熙的眼圈很快发黑了，脸色发灰。他其实人本质很好，但因为当时港商、台商都极受追捧，周围蹭他们钱包、教唆他们声色犬马者太多，所以到上海后，他迅速被宠坏了，再三被蒙被拐后，转而对身边人谁都不信，于是某日突然对我说，胡先生，我相信您的眼光，我在上海的公司要招人，三天后有 10 余个求职的要面试，我事情多如麻，实在应付不过来，只好把招人的要求给您，这件事就请您帮忙吧！周围的人，我信不过，怕到时候全是七大姑八大姨啊！

我大惊，说此等事情非同小可，我乃一介书生，会招很多冤家！

但沈熙决心已定，说，我周围的人呢以后可能会恨您，所幸您和他们不是一个圈子，您是记者，隔行如隔山，再说有我在，他们能拿你怎么样！

看在我太太的面上，我居然把这事给揽了。事出突然，大家都没想到沈熙会临阵换将，很多人还没来得及"搞定"我，"通路子"都来不及，"外来的和尚好念经"，我已经按招人的要求，一一面试，把事给办了。如此结果一定是比较公平的，沈熙的公司因此得益不少，不料运作了才一年多，沈熙病倒了——肝癌。

这样的结果相信对所有人都是一个晴天霹雳。他决定回香港治疗。临走又约了我一次，还是国泰电影院，那天是部老片《斯巴达克斯》。

看完，又黄又瘦的他泪流满面，想说什么，最终什么也没说，只是互道珍重。

回港不久他就去世了。

我现在还是常常经过国泰电影院，常常想起他，转眼，27年过去了。

# 我在"红房子"捉"财积"

> "红房子"那时坐落在陕西南路(旧称亚尔培路)与长乐路(旧称蒲石路)交界的转弯角子上,周围绿化很好,从我们杂志社所在的淮海中路瑞金路口走过去也就几分钟的路,新社长一路上对我谆谆教导,我根本没在听,心里想着"财积"。

"财积"(又写作'蟪绩')是蟋蟀的沪语叫法,北方叫蛐蛐。我从小有个爱好,玩蟋蟀。这应该和环境有关,小时候住曹家渡,上海著名的蟋蟀斗场,耳濡目染自是不免。长大后有人暗示,这种爱好不雅,不上档次,我才不理他,苏东坡、佛印和尚、黄庭坚、倪云林、袁宏道乃至大明宣德皇帝、梅兰芳、盖叫天、王世襄都是蛐蛐迷,他们都是"不上档次"的人么? 但是后来捉蟋蟀捉到了"红房子西餐馆"倒也是我始料未及之事。

那是 20 世纪 90 年代初的一个秋天,我所供职的《康复》杂志来了一位新社长,承蒙他的抬爱说要"培养"我。当时我已经是编辑部主任,再"培养"大概就是"副总编"一类了,我听了高兴,中午约他去"红房子西菜馆"撮一顿。

"红房子"那时坐落在陕西南路(旧称亚尔培路)与长乐路(旧称蒲石路)交界的转弯角子上,周围绿化很好,从我们杂志社所在的淮海中路瑞金路口走过去也就几分钟的路,新社长一路上对我谆谆教导,我根本没在听,心里想着"财积"。正是白露前后,五色杂虫纷纷上市了。

话说上海的西餐馆最早见之于著录的似乎是今天华山路戏剧学院后门的"亨白花园","红房子"是后起之秀了。20世纪30年代初,有个精明过人的意籍犹太人,名叫路易·罗威(I OUI ROVER)的娶了一位漂亮的法国女人,在霞飞路(现淮海中路)975号,开设了一家西菜馆,为纪念他们的爱情而起了一个温馨的店名CHEZROVER(意为"在罗威家"),外界习惯叫罗威饭店,这就是"红房子"的前身,这对洋夫妇就是"红房子"的创始人。

罗威饭店开业后生意好得出奇,可惜好景不长,"二战"爆发后,罗威因为是犹太人,被关进了集中营,直到1945年日本投降才获释,便酝酿二度创业,在陕西南路与长乐路交叉处,开设了CHEZ LOUI,把"罗威"改成"路易",因"路易"音同"乐意",中文名称为"喜乐意"。开业后又使出两招,一招是把店面刷成红色;二招是"特色",请到人称"西厨奇才"的俞永利,创出了一批"拿手菜",尤其是独创了"烙蛤蜊"后,轰动上海。这道菜,连后来的法国总统蓬皮杜也盛赞"好吃"。眼见得"喜乐意"生意越来越好,1947年,罗威听说联合国通过了巴基斯坦分治的决议,有望建立阿拉伯国和犹太国,便动了思乡之情,两人决意返回故土,于是将"喜乐意"转让给美国人兰棠(LANGDON)、俄国人尼玛(NIMA)。1949年后,当时上海的一批老吃货,因"喜乐意"店面是红色,故习称为"红房子"。京剧大师梅兰芳是"喜乐意"的常客，也只知"红房子"不知"喜乐意"。一次，梅兰芳就餐时与西菜大师俞永利聊起店名，建议干脆将"喜乐意"改为"红房子"，从此"红房子"面世。

早期的"红房子"以牛尾汤、法式蜗牛、黑椒牛排著称，后来更著名的"红房子十大名菜"——烙蛤蜊、培根厚牛排、烙蜗牛、法式洋葱汤、奶油忌司烙鳜鱼、芥末牛排、烙蟹斗、奶油忌司烙明虾、红酒鸡和格朗麦年沙勿来，其中不少都是结合中国的食材而独创的佳肴。我们那天点的好像是烙蛤蜊、培根厚牛排、法式洋葱汤，但吃到一半，新社长还在津津有味地大谈他的"不以物喜，不以己悲"的修身哲学，我却听到了窗外一声非比寻常的"财积"叫，声音苍劲老辣，像一根铁丝拉在粗帆布上。在下玩虫多年，这样的叫声只在别人的"名将"盆里听到过，几乎不用怀疑：虫王也！

想到包里正好带着虫网，我居然撇下了领导，循声出门，蹑步而行，只见"红房子"的东南一侧草木葳蕤，中午过后正是蟋蟀交配的良辰，虫声似乎是从一块小小假山石后面传来的，待我走近，立刻默然。根据捕虫经验，此时千万不能出声喧嚷，更不能乱翻乱掀，应该就地静默，脚步都不能移动。良久，那虫试探性地又叫了几声，见安全，便又大叫，我迅速锁定了它：假山下面！乘它"结铃"（蟋蟀交配的沪语俗称）麻痹，我果断地蹑到了它的旁边，细细一看，赫然一个虫穴，看口径，虫体绝对不小，但位置刁钻促刻，利用假山石的缝隙，一半入土，一半入石，且不说假山搬不动，即令搬动了，没有帮手蟋蟀一定跳遁，而且假山石是"红房子"的，动它就闯祸啦。

"做个标记晚上来捉？"不行，名将的叫声识者甚多；回家叫帮手,再次撂下领导？

情急中想起捕虫诀中的一个"诱"字,急去厨房讨来一小块苹果,嵌进网底,罩在洞口,另用一篾片贴着洞顶。果然,那虫不叫了,渐渐移向洞口,已经可以看到它的长阔黑脸了,我用篾片猛戳它的后身,它一惊,"噗"地往前一窜,堪堪入网,虫网为之一沉！

林中光线虽然幽暗,但看得清虫身乌黑,金黄斗丝,黑马脸,两大腿粗壮,不用说,名将也！

我无心细看,马上用纸草草做了一只蟋蟀筒把它灌了进去……

一切弄停当,我才回到餐厅,领导的脸已经挂了下来,黑沉黑沉的,既不"物喜"也不"己悲"了,我忙把刚才发生的故事说一遍,希望通过大实话而借助童心博他一笑。

他听了面无表情,什么也不说,摆摆手指：今天就这样吧！说完起身。

桌上的菜还没怎么动。我一愣,想想自己也真是荒唐透顶,和领导吃饭吃到掏洞挖穴的地步,玩物丧志,这回连前途也送掉了。幸好回家看看"财积"还算物有所值,那虫的头顶乌黑,除了头顶的斗丝金黄,它的翅也闪着金光,落盆后狂躁不安,稍不留心就跳蹿逃逸。综合地看,大概就是名将"黑黄"了,过了寒露出战,踏平打浦桥一带无敌手。无论什么来虫,只一口了事。

那年我 38 岁左右,如果做到副总编,那就是副处级哦。但我知道,我的仕途在"红房子"的那天中午就永远结束了。呵呵！

# 制造局路的丁胖子

他大了我三十多岁，那种胖，比较油腻，因为
瘸，就拄了根黑漆"斯迪克"（拐杖），反显得饶
有风度。不知何故，聊着聊着，又是我们所熟
悉的"中央商场"——50年前，丁胖子靠着中
央商场发了不少财。

上海的南部，有个已经取消了行政建制的老城区叫"南市区"。

我和南市区的缘分不浅，小时候我的养父养母就住局门路，我
在那里生活过多年；1991年我所供职的《康复》杂志分房，我分到
了卢湾区蒙自路的一套"一室半"公房，觉得很幸福。蒙自路的隔
壁是局门路，局门路的隔壁就是制造局路，三条路紧挨着，当然制
造局路是老大。制造局路因"江南制造局"而命名，当年洋务运动
的硕果之一就是诞生了近代史上极其著名的"江南机器制造总
局"，也就是后来的"江南造船厂"之前身，具体位置：与制造局路
相交的高雄路2号，其周围地域，老上海人统称为"高昌庙"。

洋务运动中，李鸿章于1865年购买了美国人开设在上海虹口
地区的旗记铁厂，并将原有两洋炮局并入，组成新厂，定名为"江南
机器制造总局"，制造船炮军火和各种机器。1867年，江南机器制
造总局迁至城南高昌庙现址，诞生了中国第一台车床，自行建造了
中国第一艘蒸汽推进的军舰"惠吉"号和第一艘铁甲军舰"金瓯"

号,研制了中国第一支步枪、第一门钢炮、第一磅无烟火药,炼出了中国第一炉钢……到 19 世纪 90 年代,江南机器制造总局已发展成为中国乃至东亚技术最先进、设备最齐全的机器工厂。1949 年 5 月 28 日,陈毅签署上海市军管会第一号命令,正式接管江南制造局,持续创造了一个又一个"第一":建造了中国第一艘潜艇、第一艘护卫舰、第一台万吨水压机、第一艘自行研制的国产万吨轮"东风"号……

辛亥革命期间,新军沪督陈其美曾率军"三攻制造局",战事打得非常激烈,制造局路与局门路附近血流遍地,但如今制造局路却因"上海第九人民医院"而出名,这家医院以整复外科、口腔颌面外科之成就卓越而驰誉全国,而我和丁胖子的相识却是很"小儿科"的。

1995 年的年头,儿子刚读小学,入学不久就感冒发烧,急诊室里挂盐水,旁边一个女孩也挂盐水。看她和儿子聊得热乎,一问才知道居然是同班同学,家住制造局路。陪她的胖老头,是她外公,七十多岁了,腿很瘸,医院里的人头很熟,大家都叫他"丁胖子"。往后三天,两个小孩约好了同样的时间来挂盐水,我也就和丁胖子聊了三天,从此很熟了。

他大了我三十多岁,那种胖,比较油腻,因为瘸,就杵了根黑漆"斯迪克"(拐杖),反显得饶有风度。不知何故,聊着聊着,又是我们所熟悉的"中央商场"——50 年前,丁胖子靠着中央商场发了不少财。

中央商场源于抗战胜利后,1945 年,有人以高价引入了沙市二路 16 号底层大楼,开设"新康联合商场",内设 90 多个柜台,再加上外面中央弄、沙市一路、沙市二路的马路摊贩,这一带成了倾销美军剩余物资的地方,统称为中央商场。据记载,解放前,这里每只柜台的租金要 5 两黄金,美国大兵在上海登陆,善于经营的上海人,用各种方式从他们手里获取剩余物资,克宁奶粉、牛肉罐头、旅行刀具、望远镜、呢大衣、皮靴、玻璃丝袜等外国货,长期以来的一个疑问是:上海人具体是如何从美国人中拿货的呢?

丁胖子听了哈哈大笑,说,我就是当年的拿货人之一,而且大家都拿不过我!中央商场"美国货"柜台的朋友都要看我的眼色行事。

我听了不断地打量他,七十岁多的人了,还是油头粉面的大背头,那套老旧西装显然大大过气了,但穿在他身上反而很"克勒",与人交谈"接口令"很快,属于眼观六路、耳听八方的那一种。问题是,这一类头子活络的生意人,大上海比比皆是,他丁胖子并非特别出挑,而且还瘸了一条腿。那么是不是丁胖子的英语格外好呢?丁胖子的英语的确好,可问题仍然是,当年上海英语出挑的多了去,为什么就偏偏他最拿得到货呢?

且听丁胖子慢慢道来。首先,很多生意人虽然英语好,但不去了解美国人,不知道美国水手的心态。他说,一见面就迫不及待地要货要东西,很让美国兵看不起。你急什么呢?他有大量的剩余物资要脱手,你比他还急,他就发飙放刁了,上海老话所谓的"发翘头",就是这个意思。

你想,战争一结束,美国兵最想的是什么?赌博?嫖娼?强奸？不！这恰恰是我们一个最大的认识误区,当时过度的舆论渲染使大家相信美国兵都喜欢性暴力,其实美国兵最想的是回家!众所周知,美国是个新教徒占其国民 80％ 的国家,多数的美国人私生活都很保守,循规蹈矩。尤其是在性问题上,美国人的保守态度可能在世界上也属于前列。

在美国,政治人物竞选时都渲染自己对家庭的爱,包括对自己宠物的爱,强调自身私生活的严谨,做出一副好爸爸、好丈夫的形象。如果政治人物包养情妇,无论是在议会还是政府,必然会丧失支持,甚至身败名裂。此外,许多非政界的公众人物为保持良好形象,也保守私生活的严谨。去过美国的人都知道,在美国很多城市,夜生活并不丰富,晚上根本没有我们想象的那样灯红酒绿。在一些宗教影响较强烈的地区,夜晚尤其寂寞。

因此,美国兵并非都是喝得烂醉而滥嫖滥赌或开着吉普乱撞人的形象,我当时所接触的美国兵,大都是停在高雄路码头、公平路码头、高阳路码头或军工路码头的军舰上的水兵,他们只能在规定的时间上岸,并非随时可以离舰。我做过一些记录,当时先后来上海的巡洋舰为巴尔的摩级的圣保罗号(CA－73)、海伦娜号(CA－75)、洛杉矶号(CA－135)和芝加哥号(CA－136),还有轻巡洋舰克里夫兰级的斯普林菲尔德/春田号(CL－66)、阿斯托里亚号(CL－90)和亚特拉大号(CL－104),都曾经到过上海。

远离家庭的水兵当然很寂寞,也性饥渴,但一般都很胆小,军舰上到处是色情画报和照片,他们就拿那些东西解闷。所以,我的诀窍是,一上船就给他们讲故事,讲东方色彩的家庭故事和言情故事。故事的来源你可能想不到,大都是从鸳鸯蝴蝶派小说,比如张恨水的小说里搬来的。后来发现水手们仍嫌传奇性不够,我就直接从"三言二拍"里搬,什么"蒋兴哥重会珍珠衫"啦,"卖油郎独占花魁女"啦,我大肆篡改,加入很多原先没有的色情细节甚至直接就是黄段子,当时社会上有很多不堪入目的淫书坏书,比如《绣榻野史》《灯草和尚》,我把它们剪辑了塞进去,听得他们抓耳搔腮,狂吹口哨,而且上了瘾,你说,我会不受欢迎吗? 每次去,很远他们就叫了:看! 瘸子来了! 瘸子来了!

说到这里,丁胖子不断发出猥亵而带点歉疚的笑声,说,说实话,我这么做,不太道德,利用美国人的精神空虚做他的生意,但那时也是为了生计,那些美国大兵一旦高兴起来,只收我很少的钱,什么派克金笔、蔡司照相机,有的甚至不要钱,特别是美国靴子和大量的罐头食品、棉被羊毛毯,统统低价卖给我。只要航次结束,回到基地,这些物资都要被当作垃圾处理,现在碰到我这样的"知音",何不大做人情呢?

我发了几年财,结了婚。可惜我这样的坏分子一到1949年以后就没有好日子了,里弄里揭发我和美国人接触密切,我被判劳教,后又改判徒刑……

"我原来是个坏人……现在只是个退了休的'丁胖子'",他说着不断地擦着汗,"人民政府给我出路,我就过过太平日子。当然,对我来说,最幸福的日子还是1945年到1948年年底的日子,在美国军舰,在中央商场,我被大家追捧着,那些日子虽然不很长,也算是难忘的啦!"

50 年前的美国货,他现在只剩了一支派克金笔与一条军用皮带。他得意地掀起衣服给我看,那皮带扣子是黄铜的,相当厚实,皮带更结实,用了 50 年了,居然还在用。

我们在儿子快进中学时搬离了蒙自路,从此和丁胖子断了联系。

最近听说他去世了,享年九十。

# 十六铺小开杨麟

我当时觉得奇怪，一个已经卖掉102架波音飞机的大佬，约我在码头见面，还是个大冬天，就不嫌寒碜？

几乎每个老上海说起海腥味十足的"十六铺码头"时，都有一种"我们家后院"的自豪感，这个万商云集、四方奔聚的地方总是意味着财源、机会、争夺与猎奇，意味着海量的海鲜、南货、全国土特产品，巨量的蔬果、日杂用品、肉类粮食与汹涌的人群。

小时候我们常常结队乘16路电车去十六铺"捡废钢铁"，说是什么"备战备荒为人民"，把废钢铁上交国家后，可以提高钢产量云云。十六铺附近的"废钢铁"特多，"捡"其实就是"偷"，我们那一代的孩子都知道，就是把工厂的"废铜烂铁"偷到自己的学校里去，交给老师而已。

偷盗闲暇，便汗淋淋地坐在水泥堤岸上看十六铺的风景。

十六铺码头又叫"大达码头"，曾是远东最大的码头。晚清时，上海港成为当时南、北货轮停泊之地，再加上长江航线、远洋航线、内河航线，各种船舶云集于今十六铺地区。地名学上，"十六铺"的首现，是清朝咸丰、同治年间，为了抵御太平军的进攻，地方官员让上海县城厢内外的商号建立起一种联保联防的"铺"，由铺负责铺内治安，当时，一共划分了 16 个铺，"十六铺"是其中面积最大的。但"十六铺"的概念并非仅仅指沿江的一溜客、货运码头，而是一个地名，其周围的外码头路、王家码头路、盐码头街、老太平弄、咸瓜街、会馆弄、箙竹路、南仓街、董家渡路……都从属于"十六铺"这个概念。多少年来，十六铺一直是市民进出上海的主要通道，有些人在此惶恐地初涉都市洪流，有些人在此依依惜别繁华的都市梦境，有些人在此欣喜地重返十里洋场。周恩来、邓小平等人当初就是从这里登上外国邮轮远赴法国勤工俭学；徐志摩曾在这里登上"南京号"远洋轮，奔赴大洋彼岸；张爱玲曾在这里款款上岸，搭上小东门的有轨电车，去往常德路上的那个家。

我在十六铺留下最深的印记就是采访"十六铺小开"杨麟。

话说杜月笙有个大管家兼军师的人物，叫杨管北，杨管北的儿子叫杨麟，李政道的表兄弟、南怀瑾的密友，美国可口可乐公司台湾总代理、美国波音公司台湾总代理，受到过国家主席杨尚昆的接见，2001 年他希望我供职的新民周刊采访他，约见的地方就是十六铺。

我当时觉得奇怪，一个已经卖掉 102 架波音飞机的大佬，约我在码头见面，还是个大冬天，就不嫌寒碜？

杨麟来了，一位面容沉峻、气宇轩昂的七旬老人。他说他的故事必须在十六铺讲，因为十六铺码头曾经叫"大达码头"，昔日上海最有名的轮船公司——大达轮船公司就是他父亲杨管北的，他是大达轮船公司的"小开"，其传奇经历就像他父亲杨管北以及父亲的"先生"杜月笙一样，都是从大达码头开始的。

　　杨麟自打儿时起就时常跟着父亲出入杜月笙的家,父亲带他去拜年、参加生日宴等活动。在他幼年的眼睛和记忆里,最记得的反而是发现杜月笙的布底鞋后跟从来不拉上去,就那么趿拉着走来走去。

　　国难深重的 1943 年,杨麟瞒着家人,偷跑出去随青年军参加滇缅大战,却因得了一场重病被送回家中,整整在床上躺了四个半月,而这段时间,却也让他对杜月笙有了更深入的了解。时时睡在床上的杨麟,隔着一道屏风、一扇门,听得到书房里杜月笙和身边智囊们开会、商讨事情。"我睡着不能动,他们讲的我都听得见。他们今天谈一桩事,过几天又来谈这桩事,好像看连续剧。"杨麟说,每天"追剧"的结果,使得年纪轻轻的杨麟对杜月笙很是佩服。他说,杜月笙谈话中显现出的做事方式、魄力与极强的协调能力,甚至对他多年后的经商事业带来不小的影响。

　　1949 年解放上海一声炮响,众"小开"烟消云散,刚满 20 岁的圣约翰大学学生、大达码头"小开"杨麟也仓皇抵达美国留学。经历了无数坎坷,经历了无数沉浮后,已经加入美籍的商界巨子杨麟于 1985 年首次回大陆考察。

　　"那时上海西区的徐家汇还是黑幽幽的,"他对记者说,但是从虹桥机场出来,一看到徐家汇教堂,一看到"双塔"依然如故,我的眼泪就止不住地往下流……

　　从那一刻起他就下决心把自己的余生献给自己的祖国。

　　在大陆考察多年他发觉,尽管沿海地区的经济发展较快,但是内地农村经济的起步还是很慢,很多地方农民的生活离温饱还有

距离,总是"只差几口气",总是上不了台阶。对他们是"输血"还是
"造血"呢？如果有人在他们最需要的时候"托他们一把",开发式
扶贫——扶他们上马,然后让他们靠自己的勤劳致富那该多好!

他想拿出自己的资金推动他们,但是这需要一个正规可靠的
渠道。

1996年他获悉中国社会科学院有"小额贷款扶贫小组",便出
资300万美元,委托中国社科院扶贫小组联合地方政府,对安徽、
江苏、河南等地"温饱线以下"的农民发放"小额信贷",每户农民可
以低息借贷1 000至3 000元人民币,投资副业或手工业,起步后
每周还贷20元。消息传来,"贷区"内的农民无不欢呼雀跃,如同
杨麟先生的预计,温饱线以下的农民想"致富",缺的就是一口气,
缺的就是几千元的"起步费",因此"小额信贷"的到来不啻就是旱
田甘霖。

河南虞城县农民李红梅就是靠杨麟的小额贷款走上小康路的
典型。

3年前,她一家住的是漏风漏雨的土房,整天喝玉米粥土豆
汤,乡里"扶贫社"的小额贷款下来后,她第一笔贷了1 000元,买
了一头母猪,当年就下了10多头小猪;买了一群鸡雏,当年就下
蛋。还清贷款后又借了2 000元,再度买猪买鸡,发展养殖,一年
就赚了2万多元,结果,现在已经是拥有两层楼瓦房,货车、摩托车
各一辆的小康户了。

河北易县的农民甄修云有一个六口之家,4个孩子以前吃不
饱肚子,交不起学费,2年前第一笔贷了1 000元后,就搭建暖棚发

展蔬菜业,头年种黄瓜、辣椒、番茄,净赚了 3 000 元。第二年大种卷心菜、西瓜、黄瓜,照此长势秋后就可脱贫。

这是一个在美国生活了几十年的"亿万老开",现在则是一位扶贫使者,截至我采访他的 2001 年,已使 1.8 万户总共 6 万多名农民真正走上了"小康之路"。但是,他回上海重建"大达码头",重建"大达轮船公司"的愿望却因种种原因而没能实现。失望之余溯江而上,在昔日大达轮船公司子公司的所在地重庆,得到了父辈宿彦的支持,和民生轮船公司合作,重建了以运输成品油为主要业务的"大达轮船公司",建造了国内最大的台资成品油仓库……

自那以后已有 16 年没见他了,记得临别时问过他,此生最大的愿望是什么?

他说,希望到我走不动的那天,让我像匹老马躺在十六铺,听听汽笛声……

# 长兴岛往事

那是一个救人无数而后对自己的绝症束手无策的医生。以后我每次路过崇启大桥，都要往长兴岛方向深深地看上一眼。

每年蟹肥橘子熟的时候就会念叨长兴岛，想念戴医生。

上海在长江口有三个蛋蛋，崇明岛、长兴岛、横沙岛。作为中间一个蛋蛋，长兴岛仔细想来也不算小，包括"青草沙"取水口在内，总面积达 160 平方公里，你且徒步走走看，绕岛一圈也得累死你。

隧道与大桥未通前，都是坐船去的长兴岛。1991 年我第一次去长兴岛的时候，有戴医生一家作陪，戴医生，中医世家子弟，原名戴锭根，后名戴敬民，原是上海东吴大学生物系的学生，1950 年以后从业中医，后来是上海天平路地段医院的著名中医师，擅长治疗肝病和各种关节炎。记得 1988 年上海甲肝大流行那会，戴医生自己出钱去江、浙、皖买来药材，利用地段医院的设备，大量配制"茵栀黄"口服液；又动用老同学关系，从制药厂大量买进"茵栀黄"注射液，无偿或低价地向街道、小区、机关、学校发放，不知救了多少人。当时危言汹汹，人情耸动，得到"茵栀黄"就像得到"救命丹"，而且疗效的确好，往往吊滴两三天，身上脸上的黄疸便迅速退去。

　　我有一个表姐，甲肝大流行期间也中了招。她以前做过"赤脚医生"，有医药常识，一见自己脸色蜡黄马上慌了神。因为各大医院的病房高度紧缺，她单位的厂医要她采取家庭隔离措施，在家治疗，那差不多就是现在提倡的"居家养老"，明明是"没办法的办法"，却还要"貌似办法"。她知道最好的治疗就是住进医院，既不会传染家人，也可以及时输液，问题是上海医院彼时床位之紧恐怕是 1949 年以来最最紧缺之时。看我在科普医学杂志供职，表姐大概以为我总有点办法，居然大着胆，黄着脸，拖着病体，到我们杂志社来。我一看慌了，表姐的事又不能不管，但又怕她疫情扩散，情急之下，腆着颜面去找刚刚认识不久的戴医生。戴医生正被大量的病人和病人家属包围着而焦头烂额，但他这个人就是这样宽宏厚道，见我焦急恳求，立即放下手头的事，致电他的老友，香山中医院的医务科科长姚克裘，要他无论如何想办法抽调病床。姚医生和我也认识，一听老学长戴医生求助，二话不说，立即收治表姐，硬是挤出了一个病床……

　　都说救人一命是功德，戴医生不知救了多少人，在读者的强烈要求下，我当时的《康复》杂志报道了他。他这个人非常知道感恩，1988 年甲肝大流行之后，社会上生慢性肝病的较多，戴医生擅长中医调理肝病，凡我介绍给他的，他都悉心收治，疗效又很好，时间长了，我们很有感情，那天他建议出游，请我们一家去长兴岛采风。

　　长兴岛是由长江泥沙在入海口沉积而成的沙洲，位于长江入海口南支，并将长江南支分为南北两港，素有"橘乡""净岛""长寿岛"之美称。它东西长约 20 公里，南北宽约 14 公里，呈带状，每到深秋季节,岛上举办的上海柑橘节丰富多彩,热闹非凡。

但我们去的那年,长兴岛的旅游业还只刚刚起步。时值深秋,白露茫茫,秋水苍苍,戴医生的好友王家祥来码头接我们,他家住在石头沙。话说长兴岛无非几个沙洲连并而成,主要有鸭窝沙、石头沙、瑞丰沙、潘家沙、圆圆沙、金带沙等,走在岛上,丝毫没有"岛"的感觉。距今 700 前,长兴岛还是一个水下沙洲呢。1644 年,也就是清兵入关那年,鸭窝沙出露水面,经过 100 多年多淤涨变迁,面积扩大到 14 平方公里,成为长兴岛的主体。那崇宝沙位于鸭窝沙以西,1880 年后,崇宝沙分裂为 3 个小沙,即瑞丰沙、石头沙、小石头沙,王家祥家之所在虽称"石头沙",但已经毫无沙洲的感觉了。举目大地涌金,塘堰流翠,家家都很富庶。请我们吃午饭,拿出来的菜都让我们喜欢得手舞足蹈:家乡咸肉、清蒸鳜鱼、白切羊肉、盐水大虾、清炒黄蚬、崇明黑青菜……但最使大家兴奋的还是"乌绡蟹",满满一大面盆。所谓"乌绡蟹",就是崇明、长兴、横沙三岛上,"长不大的大闸蟹",说是"碰了咸水"最多只能长到二两半,但是蟹虽不大,味极鲜美,蟹膏蟹黄满得都快溢出来,蟹壳一开,满室生香,蟹肉甜津津的,全部野生。

那是 1991 年的秋天,王家祥捧出了自酿的老白酒,我们一家三口,戴医生一家四口,再加上王家祥一家五口,围着一大桌尽情饕餮。下午乘着微醺,前往长兴岛著名的"圆圆沙"捉蟹捞鱼摘橘子。圆圆沙就是现在"新船厂"的位置,那时候,还是一大片芦苇簇拥的河湖港汊。王家祥穿上橡皮裤,跳入水中,双手娴熟地伸进蟹洞,蟹洞扁扁,都在水线上下,王家祥简直像拾螺蛳一样,一捞一只，一会儿蟹篓就满了。我也穿上橡皮裤，跳下水。王家祥教我：圆洞是水蛇洞或者鳝鱼洞，只有扁圆的洞，才是蟹洞。手进去后，推进要慢，手背要贴着洞顶，接近蟹时，蟹会用蟹钳蜇你，你别怕，要贴着洞顶抄到它的蟹钳后面，突然压下去，扪住蟹背，就成了。

我学着样，虽然屡屡被蜇，虽然摸不到几只，但那种手伸蟹洞、压住蟹背以及活蟹在你手中挣扎，或者就擒或者逃脱的刺激，是任何娱乐不能替代的。

儿子那时还没入学，跟着戴医生的孙子学钓鱼，鱼倒没有钓到，觉得杆沉，钓上来的只是一只装满臭袜子的蛇皮袋。大家哄堂大笑，这件糗事大家以后取笑了很多年。

摘橘子更是大丰收，随行的女眷们边摘边吃边说笑，都是蜜橘，嘴都粘得张不开。

我和戴医生坐在长堤上，长时间地聊天。他身材高大，声音洪亮，回顾了自己的一生，最辉煌的是 50 年代初期，上海十万知青北上援京，又叫"支援首都建设"，他是带队的总指挥，北火车站，红旗招展，歌声嘹亮，车厢内人人都是"澎湃"。可惜没过几年就是1957 年，说他同情出身不好的同学，"右倾"，便由当年的"北上援京总指挥"一下子跌回到上海地段医院做医生。所幸他人缘非常好，据说还算是对他"客气"的，故得"善终"。从此他就"识识相相"地做医生，对什么事都"不再说三道四"，"人这一辈子，黄酒能够喝到老，板烟吸到老就不错啦！"他说，不要总以为自己能做多少事，其实一个人一辈子能写正一个人，做成一件事，就非常了不得了。

他也是"自信人生两百年，会当击水三千里"的主，但是当晚住宿王家发觉情况不对,那戴医生通宵不停地咳嗽。他抽烟,而且抽雪茄和板烟斗,烟瘾极大。听到过咳嗽,但没听到过如此通宵一刻不停地咳嗽。

问题是,他还宽慰我们,说自己是医生,知道没事。

没事偏偏有事。回去一查,肺癌。而且手术位置非常不好。我去讨教中山医院杨秉辉院长,杨院长一看片子,就说,情况不好,虽然手术仍是首选的,但估计"预后不好"。

他家住南市光启路。我最后一次去他家,他已去世,儿子遵照他的遗嘱,用一张黄茅纸盖住了他的脸……

那是一个救人无数而后对自己的绝症束手无策的医生。以后我每次路过崇启大桥,都要往长兴岛方向深深地看上一眼。

他生前的门诊病人甚多,现在已不太有人记得他了。都说"救人一命,功德无量",可戴医生救过多少人呐!

槛外长江空自流。

# 跋　永不消逝的地标记忆

　　我们生活在一个高度信息化的新时代,知识的更新、环境的变化都以前所未有的速度向我们逼近,就连我目前供职的单位——文汇报这样一张家喻户晓的大报,也在改变,把重点从传统的纸媒转型到和网络高度融合的融媒体。

　　2016 年 3 月我加入文汇 APP 的运营后,就思考着做一些与众不同的独家栏目,几乎立刻想到了新民周刊主笔胡展奋老师。展奋老师是新闻界公认的中国顶尖的调查记者之一,也是我最早供职的劳动报社的同事。1997 年他担任劳动报特稿部主任的时候,我正好在采访上海举办的第八届全运会,承蒙他的欣赏,但凡我的系列大特写他都会整版刊登予以支持,这种愉快的合作一直延伸到今天——角色互换:他给我写专栏,我做他的责任编辑。

　　事实上,最早知道他的名字还是我在复旦园的事。1991 年我还是复旦大学中文系的学生时,校园里就都在竞相传阅《南方周末》连载的《疯狂的海洛因》,记得好像连载了整整两个月,这在《南方周末》应该是破天荒的连载了,轰动了全国,并被译成多种文字在海外出版,引起巨大的国际反响,后来我才知道这篇深度调查的坐标意义在于最先吹响了中国禁毒的号角,拉开了举国肃毒的序幕。

　　新闻界前辈,《萌芽》杂志原总编曹阳在他所撰的《胡展奋的

〈疯狂的海洛因〉发表前后》一文中称他为"民情、社情、国情的麦田守望者",并指出:"调查式记者"胡展奋的成名作《疯狂的海洛因》,曾产生巨大的震撼力,被新闻界称为"全国第一篇全景式披露毒品卷土重来的调查报道",被文学界誉为"中国禁毒第一声呐喊的优异报告文学名篇"。《新闻研究导刊》则把他的新闻成就归结为"四个第一":全国第一个拉开大禁毒序幕;全国第一个揭开血吸虫死灰复燃内幕,促使国家恢复中央血防领导小组;全国第一个揭露虐待童丐行乞的骇人内幕;全国第一个披露报道活熊取胆。

　　面对着"四个第一",我常想,一名调查记者除了必备的超常能力,亦即现场突破能力、分析研究能力和优秀的文字表达能力外,还应该具备什么特殊的职业素养呢?

　　毫无疑问,他们的地标记忆能力特强,只要到过一个地方,展奋老师还原现场环境细节的能力,能让原住民都挢舌难下,他现在既然已从新闻调查第一线退下,能不能以他个人的生活地标为主线,串联起整个栏目,以今视昔,以小见大,以他的职业敏感和独特感受来诠释时代大背景,书写一代上海人所经历过的城市春秋呢?

　　大致目标确定后,我和他相约在他家附近的一个咖啡馆碰头。

　　彼时,展奋老师刚刚办好退休手续,面对新的生活,他与其他人的不安与茫然完全不同,仍然精神抖擞、谈锋雄健,因为他发现,退休后的他时间完全属于自己支配,可做的事更多了!

　　我们几乎一拍即合,这个《地标记忆》栏目就以胡展奋个人生活为主线,适当加上他参与的故事或者他采访的故事为副线来呈现。那天,我们的效率很高,展奋老师一下子就侃了三个曹家渡故事,他绘声绘色讲述的时候,我完全听得入迷,当然,它们就成了这个栏目的开场篇系列。

不过光有"地标记忆"还不够,我希望每篇文章都有水墨效果的配图,这样的叙事特质就比较鲜明且有历史的沧桑感,问题是,请谁配图最合适呢?

数沪上高手,我们不约而同地想到了著名装帧画家王震坤,非他莫属,立刻去电锁定。

展奋老师的文章一向有个大家都知道的特点,那就是不用署名都能把他的行文特色清晰地辨别出来,他的文字始终跃动着活色生香的生命力,那是一个对生活充满激情、充满理想追求的人的文字:形象、生动、风趣、诙谐,细腻的表述有如电影般一帧一帧在眼前呈现,画面感之强,常令人忍俊不禁或掩卷遐思。

"地标记忆"系列从 2016 年 6 月 12 日开篇《地标记忆·曹家渡/隆兴坊与"小开"过房爷》到 2018 年 1 月 9 日的《地标记忆·乔家栅的拿手点心》已有 50 余篇,有过国际饭店、静安寺、玉佛寺、大世界、外白渡桥、城隍庙、长风公园这些上海著名地标,也策划过美食三条街乍浦路、黄河路、云南南路,也有一个地方写两三个故事的曹家渡、中央商场、徐家汇、提篮桥,甚至近郊著名的百年老镇真如镇、朱家角、长兴岛……一张上海地图,布满了展奋老师的足迹。

作为他的责编,每篇文章我自然是先睹为快,审稿过程每每觉得展奋老师的文字功力深厚,且以第二篇《地标记忆·曹家渡/李家花园与汪小姐》为例,文中原先看着李家花园汪小姐小资生活羡慕得流口水的无业游民，变身造反派后揪斗汪小姐——

　　陡然看见"汪小姐"低着头，挂着木牌，只穿一件内衣站在花坛上，头发黑瀑一样垂在苍白的脸颊旁，花坛旁是一群最喜欢对她吹口哨的"花格子衬衫"的隆兴坊流氓……

　　"交代细节！一定要把细节交代出来！"拳头森林一般地举了起来，突然一勺阴沟里挖出的极污之物，对着她藕一样白嫩的脖子浇了下去，人们大笑，然后再涂上她的嘴唇，逼她舔下去……快五十年过去了，我始终想着，有些人并不是被"文革"带坏的，而是原本就很坏很坏。

　　"阴沟里挖出的极污之物，对着她藕一样白嫩的脖子浇了下去"，这样的描写细致入画、对比强烈，令读者产生无比激越愤懑的情绪，这样的人真的是本质太无良了。由此，点击量迅速飙升 5 万。

　　很多评论说他的文字"有声响、有色彩、有画面"，可以说，在文汇的 APP 上，展奋老师的文章阅读量长期保持在一个稳定的水平上，这与他卓越的写作和社会影响力是分不开的。

　　从一开始的咖啡馆相谈甚欢，到之后的电话沟通、微信语音，我们商量过不少选题。作为知名记者与作家，他的选题简直源源不断，根本不用编辑发愁，因为他早年的家庭受冲击，为避祸而频频迁徙，在上海辗转住过多处，才有了如此丰富的生活经历与呈现，也正应了那句老话：苦难即财富。从他的故事中，可以看到一个顽皮小孩到处闯祸、到处观察社会、在图书馆发愤读书，青年时丰富的感情生活、坎坷的工作经历：从"类知青"到著名记者、作家一步步的努力……

从上海到杭州到安徽，从国内到国外，地标上留下的足迹，以个体映射着整体的时代背景，其实也是另一种个人传记，如同巴尔扎克的《人间喜剧》，只不过由一真人版的作家来演绎、来串联并叙述而已。

同时，在此也谢谢王震坤先生花费很多时间精心作画，锦上添花。比如他为地标记忆之《向闸北告别》的一文配图，不仅是极具个人感受的俯瞰的大视野、大气势（这一点，再次证明摄影永远无法取代绘画），而且个景与具象也鲜明、典型地凸显，苏州河闸北段的河边建筑、浙江路桥（旧称"垃圾桥"）等，画家的心情与怀旧之感慨跃然纸面，与文字作者的"共振"已臻佳境，但最称神来之笔是那轮红日、那轮国际大城市所特有的红日，疲态的暗红而拖曳着身后磅礴的彤云！

为了让读者同时也了解插图作者的背景，展奋老师还为震坤先生定制了一篇《地标记忆·恒丰路桥/桥塊的小书摊，厚着脸皮借小人书》，让我们也一睹了王震坤先生的成功之路。

烟花易冷，人事易分，繁华声渐远。一生情债几本？雨纷纷旧故里草木深，再历史转身写缘分。希望读者诸君能从胡老师的丰富多彩的故事和生动形象的笔调中，一窥一位"名记"的另类人生，以及找到自己的一份人生感怀。

世事沧桑，惟记忆永恒。

李伶

2017 年深秋的上海

**图书在版编目(CIP)数据**

地标记忆 / 胡展奋著. —上海：文汇出版社，
2018.7
ISBN 978 - 7 - 5496 - 2673 - 1

Ⅰ.①地⋯ Ⅱ.①胡⋯ Ⅲ.①故事－作品集－中国－
当代 Ⅳ.①I247.81

中国版本图书馆 CIP 数据核字(2018)第 147059 号

· 文汇新观察丛书 ·

# 地标记忆

著　　者 / 胡展奋
绘　　画 / 王震坤

责任编辑 / 黄　　勇
特约编辑 / 建　　华
封面装帧 / 张　　晋

出版发行 / **文汇**出版社
　　　　　 上海市威海路 755 号
　　　　　 (邮政编码 200041)
经　　销 / 全国新华书店
排　　版 / 南京展望文化发展有限公司
印刷装订 / 上海颛辉印刷厂
版　　次 / 2018 年 7 月第 1 版
印　　次 / 2019 年 6 月第 2 次印刷
开　　本 / 890×1240　1/32
字　　数 / 220 千字
印　　张 / 8.125

ISBN 978 - 7 - 5496 - 2673 - 1
定　　价 / 48.00 元